Ich bin hier nur der Kumpel

D1942042

Martin Gülich, geboren 1963, lebt und arbeitet als freier Schriftsteller in Stuttgart. Seit seinem Jugendroman-Debüt »Vorsaison« (1999) sind neben zahlreichen Büchern für Erwachsene zuletzt bei Thienemann seine Jugendromane »Der Zufall kann mich mal« (2014) und »Entschuldigen ist nicht mein Ding« (2015) erschienen. Martin Gülichs Bücher wurden in neun Sprachen übersetzt und vielfach ausgezeichnet, unter anderem mit dem Thaddäus-Troll-Preis, dem Reinhold-Schneider-Förderpreis der Stadt Freiburg und dem Heinrich-Heine-Stipendium der Stadt Lüneburg.

Mehr über unsere Bücher, Autoren und Illustratoren auf:
www.thienemann.de

Gülich, Martin:
Ich bin hier nur der Kumpel
ISBN 978 3 522 20221 3

Einbandgestaltung: Vivien Heinz, Henry's Lodge, unter Verwendung des Fotos p34811057, © Plainpicture/Mira
Innentypografie: Kadja Gericke
Reproduktion: Medienfabrik GmbH, Stuttgart
Druck und Bindung: CPI Books GmbH, Leck

MIX
Papier aus verantwortungsvollen Quellen
FSC
www.fsc.org
FSC® C083411

© 2016 Thienemann
in der Thienemann-Esslinger Verlag GmbH, Stuttgart
Printed in Germany. Alle Rechte vorbehalten.

Martin Gülich

Ich bin hier nur der Kumpel

Thienemann

»O.K., KANN LOSGEHEN!«

Ich sag mal so: Das Leben ist eigentlich ganz o. k. Meistens jedenfalls. Und wenn es mal nicht o. k. ist, dann ist es fast immer besser als o. k. Gut also, oder richtig gut, manchmal auch richtigrichtig gut. Megagut sozusagen, auch wenn ich diesen ganzen Mega-Scheiß nicht besonders mag. Megagut, Mega-Teil, Mega-Game, Mega-Titten, Mega-Super-Shopping-Samstag. Mega-mega, alles Gelaber! Mega muss man tun, nicht quatschen. Weil wer mega nur quatscht, der hat eigentlich schon verloren.

Nur in der Schule ist es anders. Wer da am meisten labert, der bekommt auch die besten Noten, und wenn du nichts sagst, hast du schlechte Karten. Wobei, stimmt eigentlich gar nicht. Ich bin gar nicht so stumm und pass schon auch auf, und wenn ich mich melde und was sage, stimmt's manchmal sogar. Aber eben nur manchmal, und öfter stimmt's halt nicht, und deshalb hab ich auch keine guten Noten. Also eigentlich hab ich sogar richtig schlechte Noten, und wenn ich ehrlich bin, kommt jedes Schuljahr mindestens ein Fach dazu, in dem's nicht mehr so richtig rundläuft. Zuletzt Bio, dabei war ich da früher mal ganz gut, aber eben, das war früher, und von früher kannst du dir nichts kaufen.

Trotzdem muss man ruhig bleiben. Goldene Regel! Nur keine Hektik, weil Hektik versaut einem alles. Den Spaß, die Laune, die ganze Stimmung eben. Und am Ende sogar die Mädchen, weil die Mädchen mit einem, der auf Hektik macht, nichts zu tun haben wollen. Muss man sich nur umsehen. Gerrit – hektisch – keine Mädchen. Luis – total hektisch – erst recht keine Mädchen. Tim – überhektisch – Svenja. Und Svenja ist, wie soll ich sagen, also jetzt nichts gegen sie, so als Mensch meine ich, aber Svenja, nein, dann lieber gar kein Mädchen.

Ruhig bleiben also! Außerdem ist das Schuljahr noch lang, und so einen Endspurt darf man auf keinen Fall zu früh anziehen. Sonst geht einem kurz vor dem Ziel die Puste aus, und statt Siegerehrung gibt's eine Runde extra. Wobei ich mich, wie's aussieht, in diesem Schuljahr gleich in vier Fächern beeilen muss. Da braucht es vielleicht doch so etwas wie einen Plan. Französisch: Fünf, glatt. Geschichte: Vier, gerade noch. Chemie: hoffnungslos! Und eben Bio – wobei ich da noch die besten Chancen sehe. Ich glaube, Frau Leibniz mag mich und lässt mich nicht so einfach über die Klinge springen. So dumm, sagt sie, dass man in Bio eine Fünf bekommt, kann man eigentlich gar nicht sein. Und dass sie ab jetzt jede Woche Extra-Übungsblätter ausgibt, um uns auf die Sprünge zu helfen. Also den Schlechten. Also mir!

Dumm nur, dass nicht alle so wie Frau Leibniz ticken. Herr Seeger zum Beispiel. Kai-Uwe Seeger! Der wäre garantiert auch ein guter Gefängniswärter geworden. Also ein schlechter, einer der die Gefangenen quält und dem dabei vor lauter Freude der Sabber aus dem Mund läuft. Einer, der sich am Feierabend zu Hause noch ein paar Brutalofilme in den DVD-Player reinschiebt, um sich

Anregungen für den nächsten Tag zu holen. Nazi halt, und wenn er keiner ist, dann nur, weil Nazis gerade nicht so beliebt sind. Vor allem nicht an Schulen. Da fliegst du raus, wenn du Nazi bist, vor allem als Lehrer, und deshalb ist Seeger lieber kein Nazi. Zumindest nicht offiziell, aber jede Wette, dass bei dem zu Hause alles voll mit Nazi-Scheiß ist. Hakenkreuz-Fahne, Hakenkreuz-Kaffeetasse, Hakenkreuz-Zahnbürste, Hakenkreuz-Bettwäsche, das ganze Sortiment. Und wenn nicht, dann macht das aus ihm auch keinen besseren Menschen.

O. k., wenn man Svenja oder Ann-Christin oder auch Lara fragt, klingt das mit Seeger vielleicht anders. Aber das sind halt auch Mädchen, und Seeger steht nun mal auf Mädchen. Mädchen, eine Note besser! Sagt er selbst, aber davon, dass er sie bevorzugt, will er natürlich nichts wissen. Mädchen sind eben fleißiger, sagt er, war schon immer so. Von mir aus, kann ja sogar sein, und wenn's um fleißig geht, steh ich nun wirklich nicht in der ersten Reihe. Aber trotzdem: Seeger ist ein Arsch. Ein Arsch, der mich an den Arsch kriegen will, und wenn ich nicht aufpasse, schafft er das sogar. Französisch und Chemie. Allein seine Fächer sind ja schon Beweis genug, dass er nicht alle Tassen im Schrank hat.

Aber genug von Seeger. Seeger macht schlechte Laune, und schlechte Laune ist absolut nicht mein Ding. Schon gar nicht heute, wo ich mein erstes Date mit Elli hab. Elli ist in der Elf, also eine über mir, und dass ich ein Date mit einer aus der Elf habe, kommt jetzt auch nicht jeden Tag vor. Aus meiner Klasse oder aus der Neun, kein Problem, aber an eine aus der Elf ist echt nicht gut rankommen. Elf ist Oberklasse, Elite, da muss man sich schon was einfallen lassen. Wobei, eigentlich hab ich mir gar nichts einfallen lassen. Elli hat auf einmal in der Pause im Hof neben mir gestanden und gemeint, dass wir doch mal was zusammen machen können. So ganz unverbindlich. Ja, *unverbindlich*, hat sie wirklich gesagt, und *machen* auch, was vermutlich bedeutet, dass das gleich mal die große Knutscherei bei ihr im Zimmer gibt und vielleicht sogar mehr. Nur ohne miteinander gehen danach, unverbindlich halt, und unverbindlich ist mir eigentlich ganz recht.

Elli wohnt ein Stück weg von uns. Otto-Fikentscher-Weg, ohne Scheiß, und bei dem Straßennamen pack ich mal lieber die Kondome ein. Kondome und meine Gitarre. Ja, Gitarre, Mädchen stehen auf Gitarren. Also auf Jungs, die Gitarre spielen. Dabei ist eigentlich ziemlich egal, wie gut man spielt. Hauptsache, man tut es und bekommt drei, vier Songs einigermaßen unfallfrei über die Bühne. Und ob alle drei oder vier mit den gleichen drei oder vier Akkorden sind, ist schon wieder komplett egal. Und ehrlich, mehr kann ich auch nicht. Na ja, sagen wir fünf, C, D, G, A-moll und E-moll, aber damit kann man schon mal das halbe Pop-Programm durchspielen, und wo das nicht reicht, weil da noch irgendein F oder H drin ist, schummelt man einfach ein bisschen. Merkt keiner, zumindest, wenn man nicht ausgerechnet an ein Mädchen gerät, das selbst Gitarre spielt. Auch schon passiert. Pech gehabt. Ist nichts draus geworden.

Elli spielt Flöte. Weiß ich von Luis, und der weiß es von Krok, und Krok weiß es – keine Ahnung von wem.

Querflöte, und nur klassisch, keine Gefahr würde ich mal sagen. Die Gitarre kommt jedenfalls mit, und wenn sie fragt, warum ich sie dabeihabe, sag ich einfach, dass ich gerade vom Unterricht komme. Stimmt natürlich nicht, und in Wahrheit habe ich in meinem ganzen Leben noch keine einzige Stunde gehabt. Wozu auch, für's Mädchen-Beeindrucken braucht's keinen Unterricht. Ein paar Clips auf YouTube, und man hat das drauf. Gut, ab und zu üben ist schon nicht schlecht, aber das mache ich immer erst kurz vor dem Date. Oder der Party. Oder der Klassenfahrt oder was sonst gerade ansteht. Dann hat man alles noch in den Fingern, und es klingt einigermaßen so, als ob man's kann.

Ach ja, eines noch: nie von alleine anfangen. Goldene Regel! Muss immer ein anderer auf die Idee kommen. Sonst sieht's nach Angeberei aus, und Angeberei ist was für Idioten. »He, Finn, spiel doch mal!« Oder: »Pack schon aus, Finn, wir wollen was hören!« So oder so ähnlich. Dann noch ein bisschen zieren und schließlich mit einem kurzen Seufzen gnädigst die Gitarre auspacken und erst mal stimmen. Auch wenn sie gar nicht verstimmt ist, immer stimmen! Sieht irgendwie professionell aus. Konzentriert gucken dabei, drei Akkorde spielen, kurz Stirn runzeln und noch mal stimmen.

»O. k., kann losgehen.«

Und ja, dann geht's los!

* * *

Übrigens: Ich wohne bei Vicky. Vicky ist so alt wie meine Mutter und sieht auch genauso aus. Also genau so, wie meine Mutter aussehen würde, wenn sie noch am Leben wäre. Zwillingsschwestern, eineiig, auf Fotos kann man sie kaum auseinanderhalten. Vicky sagt, dass sie auch sonst genau gleich gewesen sind. Komplett, sagt sie, gleiche Ideen, gleiche Jungs, gleiche Lieblingseissorte, gleiche Träume. Von Anfang an und dass das bis zum Schluss so geblieben ist.

»Ein Mensch in zwei Körpern«, sagt Vicky, und dass es meine Mutter deshalb noch gibt, irgendwie jedenfalls, weil es sie, also Vicky, ja noch gibt, und dass Mam erst dann richtig tot sein wird, wenn auch sie einmal stirbt. »In hundert Jahren oder so«, sagt sie und lacht oder nimmt mich in den Arm, und obwohl wir beide wissen, dass das alles kompletter Schwachsinn ist, ist es mir doch ein Trost. Manchmal wenigstens.

Mein Vater hat einen Bruder. Sieht aber nicht so aus wie er oder so, wie er aussehen würde, wenn er noch am Leben wäre. Im Fotoalbum gibt's jedenfalls keine Verwechslungsgefahr. Mochten sich auch nicht besonders, mein Vater und sein Bruder. Sagt Vicky, und dass sie sich eigentlich nie besucht haben und darüber noch nicht einmal unglücklich gewesen sind. Wohnt auch nicht in der Gegend, der Bruder, und mal abgesehen von den Geschenken, die er mir immer noch zu Weihnachten und meinem Geburtstag schickt, kenne ich ihn eigentlich überhaupt nicht. Tut auch nichts zur Sache, warum auch? Zur Sache tut nur, dass a) Mam und Dad tot sind und ich b) bei Vicky lebe. A) schlecht, b) gut, so viel in aller Kürze dazu. Später mehr! Aber jetzt muss ich zu Elli, und auch dazu gibt's später mehr. Zumindest, wenn's was zu erzählen gibt, aber das gibt's ja eigentlich immer.

* * *

O. k., Tag vorbei, Bett, Licht aus. Nachmittag: durchwachsen! Hab mir auf dem Weg zu Elli den linken Daumen verstaucht. Und die Otto-Fikentscher-Kondome sind auch in der Tasche geblieben. Wobei, das mit den Kondomen ist mir sogar ganz recht. Mit einem Mädchen ins Bett, klar, feine Sache! Muss jetzt aber auch nicht sofort sein. Beim zweiten oder dritten Mal ist's immer noch früh genug, und wenn's noch länger dauert, auch o. k. Hauptsache, die Zeichen stehen auf *go*. Stehen sie aber nicht. Nicht bei Elli. Nicht nach dieser Mozart-Geschichte. Aber der Reihe nach!

Der Daumen. Blöde Sache, auch wenn man den Daumen jetzt nicht so super dringend braucht. Zumindest nicht fürs Gitarrespielen, und beim Küssen kommt man auch ganz gut ohne aus. Trotzdem peinlich. Gut, man könnte sagen, ich bin hängen geblieben, an einem Zaun. Klingt nicht schlimm, und ist auch nicht ganz falsch. Ist aber nur die halbe Geschichte. Die andere Hälfte ist die, dass es beim Pinkeln passiert ist. Vielleicht nicht die allerbeste Idee, so was direkt in der Siedlung zu erledigen. In einem Vorgarten. Hinter einer Tanne. Schon gar nicht, wenn da so ein Hundeschild am Gartentor hängt. Und zweimal nicht, wenn es diesen Hund tatsächlich gibt, und man so blöd ist, das Viech nicht zu sehen, obwohl es dick und fett auf der Garageneinfahrt liegt. Keine Einzelheiten, nur so viel: Sprint, Gartenzaun, Sprung, unsanfte

Landung! Hat vermutlich nicht so irrsinnig elegant ausgesehen. Wenn's denn jemand gesehen hat. Hat's aber keiner. Keiner außer dem Hund, und der sagt's zum Glück nicht weiter. Nichts von meiner heldenhaften Flucht und auch nicht, dass mein Pimmel noch aus dem Hosenladen rausgeguckt hat, als ich auf dem Gehweg gelandet bin. Samt Pissefleck ringsherum, weil das Pinkeln vor lauter Schreck einfach weitergegangen ist. Frische, warme Pisse, voll vorne drauf.

Wenigstens ist die Gitarre bei der ganzen Aktion heil geblieben. Hab ich zum Glück draußen auf dem Gehweg gelassen, und als ich aufgestanden und weiter bin, hab ich sie mir einfach vor den Bauch gehalten. Nicht gerade bequem, aber immer noch besser, als von allen als Hosenpisser angestarrt zu werden.

Hab ein paar Extrarunden um die Häuser gedreht, bis alles wieder trocken gewesen ist. Dann zu Elli. Geklingelt. Gewartet. So lange, dass ich schon geglaubt hab, sie ist gar nicht da. War sie aber doch. Ist garantiert so eine »Den-lass-ich-mal-zappeln«-Nummer gewesen, Mädchen machen so was. Jungs auch, manchmal wenigstens. Ich wenigstens! Alter Trick, aber immer noch gut. Erhöht die Spannung. Hat's auch bei mir, also vor Ellis Tür, und als sie endlich aufgemacht hat, bin ich schon ein bisschen zappelig gewesen. Elli hat einen auf obercool gemacht, so von wegen, dass sie gar nicht mehr an unsere Verabredung gedacht hat, aber das ist einfach nur alter Trick/Teil 2. Zappeln lassen, überrascht tun, und als Nächstes behaupten, dass man eigentlich gerade gar keine Zeit hat.

»Hab eigentlich gerade gar keine Zeit für dich«, hat Elli auch prompt gesagt und ihre Stirn dazu in Falten gelegt, geradeso, als bräuchte ihr schwerwiegender Satz dringend noch eine schwerwiegende Untermalung.

»Schon klar«, hab ich geantwortet und mich umgedreht. Also nur ein bisschen, so, dass es ausgesehen hat, als ob ich wieder gehen will, und da hat Elli »Ne, ne, geht schon« gesagt und mit ihrem Kopf in den Flur gezeigt. Durchschaut, würde ich mal sagen, Punkt für mich. Dann: reingegangen, hoch auf ihr Zimmer, bisschen gequatscht, Gitarre ausgepackt, drei Lieder gespielt, geknutscht. Unverbindlich, klar, und so weit ist eigentlich alles ganz gut gelaufen. Aber dann ist der Nachmittag plötzlich abgeschmiert. Also komplett, weil Elli nämlich mitten in einem Zungenkuss die Idee gekommen ist, dass jetzt sie dran ist. Musik, Querflöte, Mozart. Weiß echt nicht, was sie sich davon versprochen hat. Problem 1: Querflöte. Problem 2: Mozart. Problem 3: Elli! Weil Elli kann nämlich gar nicht Querflöte spielen. Zumindest nicht Mozart. Schon klar, ich kenne mich da nicht aus. Also mit Mozart und auch nicht mit Querflöte, und vielleicht ist die Kombination von beidem echt der Hammer, schwerer noch als F-Dur. Aber wenn's so ist, warum spielt man's dann? Ich meine, wenn man's nicht kann. Vor Publikum! Das Ganze hat geklungen wie eine Horde quietschender Ratten. Und am schlimmsten: Elli selbst hat's gar nicht gemerkt. Im Gegenteil: Als sie fertig gewesen ist, hat sie mich erwartungsvoll angesehen, so von wegen Applaus und Jubelsprünge, und als da nichts gekommen ist, hat sie gleich noch ein Lied drangehängt. Wahrscheinlich auch Mozart, klang jedenfalls genauso rattenmäßig wie das erste, und als sie auch damit fertig gewesen ist, hab ich »Super«, gesagt, »noch einen Monat, und du kannst bei den Berliner Symphonikern vorspielen«. O. k., ist jetzt nicht so wahnsinnig nett gewesen, und wahnsinnig gut angekommen ist es auch nicht. Elli hat jedenfalls ihr Gesicht zu einem gequälten Grinsen verzogen und gesagt, dass sie ja auch erst seit zwei Jahren spielt, und da hab ich endgültig die Beherrschung verloren. Zwei Jahre? Zwei Jahre für diese Rattenmusik? Aber gut, vielleicht will sie ja auch gar nicht zu den Berliner Symphonikern, sondern nur die Jungs beeindrucken. Um sie ins Bett zu kriegen. So wie ich die Mädchen. Hat nicht geklappt, also bei mir. Und wahrscheinlich auch nicht bei den anderen. Weil wenn das Ellis Vorspiel ist, also nein, dann lieber nicht. Dann lieber kein Sex. Dann lieber Mönch.

Der Rest des Nachmittags: Schweigen. Oder so Small-Talk-Scheiß wie: »Und was ist dein Lieblingsfach?« – »Englisch.« – »Meins auch.« So lange, bis Elli gesagt hat, dass sie jetzt wirklich keine Zeit mehr hat. Hab nicht lang gefackelt und bin aufgestanden, und wahrscheinlich sind wir beide froh gewesen, dass unser Date endlich zu Ende gewesen ist.

»Übrigens«, hat sie an der Tür zu mir gesagt, »es heißt Berliner Philharmoniker, nicht Symphoniker. Nur so zur Info. Und dass ich da nicht hinkomme, ist mir auch klar.«

Punkt für Elli. Und somit ist der Nachmittag mit einem Unentschieden ausgegangen. Mit einem Unentschieden und einem verstauchten Daumen. Jetzt am Abend ist er jedenfalls ziemlich dick und ganz unten, also da, wo er anfängt, auch blau, und wenn ich an der Stelle draufdrücke – Scheiße, nein, das mache ich lieber nicht!

Vicky hat mir einen Verband machen wollen. Also bevor sie sich halb tot über meine Pinkelgeschichte gelacht hat. Danach hat sie nämlich vor lauter Tränen nichts mehr gesehen und gesagt, dass ich mir den Verband mal lieber selbst machen soll. Hab's Vicky genau so erzählt, wie's passiert ist: Tanne, Hund, Zaun, Gehweg. Vicky kann ich alles erzählen, und eigentlich ist sie der einzige Mensch, vor dem ich keine Geheimnisse habe. Also gut, eines schon, oder sie vor mir, ja, sie vor mir, aber das ist sozusagen außer der Reihe. Zu heftig, und eigentlich mag ich gar nicht drüber nachdenken. Und weil ich genau das tue, wenn ich drüber spreche, ist jetzt Schluss. Schluss damit. Schluss für heute.

»Nothing, totally nothing!«

Am Morgen aufgewacht mit einem Daumen, der ausgesehen hat, als hätte jemand zwei Stunden mit dem Gummihammer draufgeschlagen. Grün, blau und dicker als der Daumen von Luis, und der hat echt die fettesten Finger, die ich kenne. Vicky hat mich gleich nach dem Frühstück zum Arzt geschickt. Sie hat ein bisschen besorgt ausgesehen und ich, als ich beim Arzt angekommen bin, wahrscheinlich auch. Hat bei der Frau am Empfang aber keinen Eindruck gemacht. Sie hat ungefähr drei Millisekunden lang auf meinen Daumen gesehen und mich danach erst mal für zwei Stunden ins Wartezimmer gesetzt. Super Sache, vor allem, wenn der Akku vom Smartphone nur noch zwanzig Minuten hält und der Rest der zwei Stunden aus dem Fenster gucken und *Gala* lesen ist.

Als ich endlich dran gewesen bin, hat sich der Arzt meinen Daumen erst mal angesehen. So richtig gründlich, von allen Seiten, mit vollem Konzentrationsblick. Und natürlich hat er gleich mal wissen wollen, wie die Sache passiert ist.

»Schulsport«, hab ich gesagt, »gestern. Blöd aufgekommen beim Salto.«

Der Arzt hat kurz genickt und statt dem Daumen nun mich angesehen. Sein Blick ist immer noch konzentriert gewesen, aber gleichzeitig auch ein bisschen benebelt, so, als hätte er sich vor der Sprechstunde eine Kleinigkeit reingezogen. Machen Ärzte, hab ich mal gelesen, Ärzte und Lehrer. Also gerade die, die es einem am meisten austreiben wollen. Große Kifferbande!

»Gibt's schon eine Unfallmeldung?«, hat mich der Arzt gefragt. »Brauchen wir!«

»Was, also ich meine«, hab ich gestottert, »was für eine ...«

»Also nicht«, ist mir der Arzt ins Wort gefallen und hat in derselben Sekunde nach dem Telefon auf seinem Tisch gegriffen. »Welche Schule?«

Scheiße, aufgeflogen! Eine Minute beim Arzt und schon alles aufgeflogen.

»Sie können da nicht anrufen«, hab ich gesagt, »also die Sekretärin, die ist um die Zeit noch gar nicht da.«

Hat gar nicht so schlecht geklungen, und für einen kurzen Moment hab ich gedacht, ich komm aus der Nummer noch raus. Bin ich aber nicht, weil eigentlich jeder Idiot weiß, dass ein Schulsekretariat morgens besetzt ist. Immer! Und wenn das ein Idiot weiß, weiß es auch ein Arzt, und so viel, dass er das vergisst, kann er sich vor der Sprechstunde gar nicht reinziehen.

»Schule?«, hat er noch einmal gefragt, und da ist mir nichts anderes übrig geblieben, als meine Geschichte ein bisschen richtigzustellen. O. k., das mit dem offenen Hosenladen und dem Pissefleck hab ich weggelassen, aber gelacht hat er trotzdem. Nicht so wie Vicky, aber eben doch gelacht, und auf alle Fälle mehr, als ein Arzt das darf. Finde ich jedenfalls! Als er mit dem Lachen fertig gewesen ist, hat er mich zum Röntgen geschickt, und als ich damit fertig gewesen bin, mit einem fetten Verband nach Hause. Nach Hause oder in die Schule, so genau hat er das nicht gesagt, aber auf alle Fälle ist nichts ab gewesen. Also am Daumen.

»Nur verstaucht«, hat der Arzt gesagt und dann noch, dass ich das nächste Mal beim Pinkeln besser aufpassen soll. »Am besten immer auf der Toilette, da ist es am sichersten.«

Haha, sehr witzig, danke, dass du noch ein bisschen drauf rumreitest, Kiffer-Doc! Hab dich echt nicht um Rat gefragt, und was das Pinkeln angeht, brauch ich gleich zweimal keinen. Weil das Problem ist ja nicht das Pinkeln, sondern der Hund gewesen, und wenn ich dir eins wünsche, Kiffer-Doc, dann dass du auch mal ein kleines Wettrennen mit so einer Bestie hast, und wenn dich das nur einen verstauchten Daumen kostet, dann hast du aber verdammtes Glück gehabt.

Um elf bin ich zurück in der Schule gewesen, und natürlich haben alle gleich wissen wollen, was passiert ist.

»Dumme Sache«, hab ich gesagt, und wenigstens bis dahin hat alles gestimmt. Aber dann hab ich ihnen echt einen vom Pferd erzählt. Von einem Mädchen auf dem Fahrrad, das fast unter einen Lkw gekommen wäre. Zebrastreifen. Nicht aufgepasst, das Mädchen, nicht aufgepasst, der Lkw, null gebremst, voll drauf auf den Zebrastreifen, und nur, weil ich im letzten Moment todesmutig auf die Straße bin und das Mädchen zurückgerissen hab, hat es kein Unglück gegeben.

»Keine Ahnung«, hab ich gesagt, »wie das mit dem Daumen genau passiert ist. Wir lagen halt zusammen auf dem Boden, aber was soll's, Hauptsache, das Mädchen lebt.«

Klar haben alle meinen Verband anschauen wollen und Lara sogar anfassen. »Ganz vorsichtig«, hat sie gesagt, und wirklich, sie ist so vorsichtig gewesen, dass ich durch den Verband überhaupt nichts gespürt hab. Trotzdem bin ich zusammengezuckt und hab sogar kurz geschrien, und auch das haben mir alle abgekauft.

O. k., bisschen scheiße bin ich mir anschließend schon vorgekommen. Ich meine, da sitzt man mit verstauchtem Pinkel-Daumen an seinem Platz, und alle ringsherum denken, man ist der große Held. So eine Art Superman, der sich vor nichts fürchtet, noch nicht einmal vor dem Tod, was so ziemlich überhaupt nicht stimmt. Weil wenn ich vor irgendwas Angst habe, dann vor dem Tod. Ist ja auch kein Wunder, egal wie lange das her ist. Also das mit Mam und Dad, erst er, dann sie, und kein halbes Jahr dazwischen. Das steckt fest in einem. Mit Widerhaken. Das kriegst du nicht wieder los, kein bisschen kriegst du das wieder los.

»Weißt du was«, hat Lara nach der Stunde gesagt, »eigentlich müsste man dich für irgend so einen Mut-Preis vorschlagen, so was gibt's«, und da bin ich vorsichtshalber gleich mal ein bisschen zurückgerudert. So von wegen, dass der Laster schon noch ein Stück entfernt gewesen ist, und dass sich das Mädchen ja vielleicht auch ohne mich noch hätte retten können. So in letzter Sekunde, gut möglich, ja, in allerletzter Sekunde, aber Lara hat mir gar nicht zugehört.

»Wär doch cool«, hat sie noch einen draufgesetzt, »wenn einer von uns beim Bundespräsidenten so eine

Medaille umgehängt bekommt. Wie heißen die noch mal?«

»Eisernes Kreuz«, hat Krok gesagt, aber Krok hat's nicht so mit Medaillen und mit Geschichte gleich zweimal nicht, und als Ann-Christin gesagt hat, dass das Eiserne Kreuz Kriegsscheiß ist und mir der Bundespräsident so was bestimmt nicht umhängt, da hat Krok mit den Schultern gezuckt und so halb-debil dazu gelächelt, wie immer, wenn er irgendwelchen Blödsinn auskotzt.

Na ja, egal, jedenfalls wollte sich Lara gleich mal für den Nachmittag mit mir verabreden, damit ich ihr alles noch mal ganz genau und in allen Einzelheiten erzählen kann.

»Da gibt's keine Einzelheiten«, hab ich gesagt, »was soll's denn da für Einzelheiten geben?«, aber Lara hat nicht lockergelassen.

»Na, zum Beispiel, wo das war und wie das Mädchen heißt. Weil dann könnte man es ja suchen und ein Foto von euch machen. Für die Zeitung.«

»Ja, genau«, hat Krok gesagt, und auch Ann-Christin und Svenja: »Ja, genau, ein Foto für die Zeitung«, und nur Luis mit den dicken Fingern hat nichts gesagt, gar nichts, aber weggegangen ist er auch nicht. Da kommt gleich was, hab ich mir gedacht, weil bei Luis immer irgendwas kommt, wenn er so still ist. Kommt selten vor, klar, aber wenn doch, kommt was. Und im selben Moment hat er auch schon den Mund aufgemacht.

»Wenn die ganze Geschichte überhaupt stimmt. Kann ja tausend Gründe haben so ein Verband. Gestürzt, eingeklemmt oder einfach nur zu viel gewichst.«

O. k., Gelächter, klar, aber auf Luis' Seite ist trotzdem keiner gewesen. So wie eigentlich nie. Nicht gerade ganz oben auf der Beliebtheitsskala. Dick, hässlich, hektisch – wirklich, da gibt es bessere Kombinationen. Freunde? Fehlanzeige. Wobei, ein paarmal hab ich sogar was mit ihm gemacht und Krok, glaube ich, auch, aber das ist schon eine Weile her. Eine ziemlich lange Weile, so drei bis vier Lichtjahre, und seitdem: Einzelkind!

»Verpiss dich, Fetti«, hat Lara irgendwann gesagt, und da haben schon wieder alle gelacht, alle außer Luis natürlich. Ich auch, dabei ist so was eigentlich überhaupt nicht mein Ding. Also Auslachen und so, und außerdem hat Luis ja sogar irgendwie recht gehabt. Gut, Pinkeln und Wichsen sind schon zwei Paar Stiefel, aber immerhin, beides mit Pimmel, und so hat Luis zumindest einen halben Treffer gelandet. Nur gemerkt hat's keiner und wird's so schnell auch keiner. Nicht mal, wenn Lara ihren bescheuerten Plan mit der Zeitung in die Tat umsetzt. Weil von mir oder Vicky, nein, und sonst weiß es ja nur noch der Daumen-Arzt, und der hat Schweigepflicht. Hat er doch, oder?

* * *

Am Nachmittag ist heute übrigens noch was passiert. In der Schule. Neues Mädchen in der Klasse. Hat, als ich zwei Minuten zu spät zum Nachmittagsunterricht gekommen bin, an meinem Platz gesessen. Französisch bei Kai-Uwe Nazi, und jede Wette, dass er sie extra an meinen Platz gesetzt hat, um mich zu ärgern. Hab mir nichts anmerken lassen und mir einen anderen genommen. Ganz hinten, neben Krok, weil kein anderer mehr frei gewesen ist, und ich glaube, Seeger hat sich geärgert, dass ich mich nicht geärgert habe. Dafür hat er mich dreimal hintereinander drangenommen, und ich hab dreimal nichts gewusst, und so ist er am Ende der Stunde trotzdem als Sieger vom Platz gegangen. Wie immer eigentlich!

Das neue Mädchen: groß, schmal, blass, hübsch. Also jetzt nicht so auf den allerersten Blick, weil eben: groß, blass, schmal. Aber auf den zweiten schon. Sehr stumm. Klar, erste Stunde, da quatscht man keine Romane. Würde ich auch nicht tun. Erst mal alles abchecken, bevor man aus der Deckung kommt. Carla. Nicht Clara, wie Seeger sie vorgestellt hat, und als sie ihn verbessert hat, hab ich zum ersten Mal ihre Stimme gehört. Auch irgendwie schmal und blass, sehr leise jedenfalls, und um ehrlich zu sein, hab ich sie nicht mal verstanden.

»Wie?«, hab ich Krok neben mir zugeflüstert, und Krok hat sich zu mir gedreht und »Carla« zurückgeflüstert, »bist du taub?«.

»Schöner Name«, hab ich gesagt.

»Normaler Name«, hat Krok geantwortet.

»Schönes Mädchen«, hab ich gesagt.

»Normales Mädchen«, hat Krok geantwortet.

Dann hab ich nichts mehr gesagt und Krok auch nicht, und Carla hat an ihrem Platz gesessen und mitgeschrieben, was Seeger den Rest der Stunde über unregelmäßige Verben abgesondert hat, und hat dabei so ausgesehen, als ob sie schon immer an meinem Platz sitzen würde.

»Ist eigentlich meiner«, hab ich zu ihr in der Pause

gesagt, und da hat sie mich nur ganz kurz angesehen, ihr Zeug gepackt und ist hinter zu Krok. Zu Krok, der gleich mal ein bisschen Atemnot bekommen hat, so, als ob er Carla doch ein bisschen schöner findet als normal. Aber wenn man Krok kennt, weiß man, dass er bei jedem Mädchen Atemnot bekommt. Und Schweißhände und Zitterknie gleich mit dazu. Ist so ein Mädchenschisser, und ich glaube, geküsst hat er noch nie eins. Und wenn doch, dann hat er sich dabei vor lauter Aufregung garantiert in die Hose gepisst. So wie ich im … nein, stopp, das kann man jetzt echt nicht vergleichen!

Bin also wieder an meinem Platz gesessen. Trotzdem: schlechter Auftakt, das mit Carla. Überhaupt: schlechte Woche! Verstauchter Daumen, Mozart bei Elli und jetzt das hier. Wobei, die Sache mit Carla müsste sich schon wieder hinbiegen lassen. Klar, ist jetzt nicht besonders cool, so einen auf »weg-da-das-ist-mein-Platz« zu machen, und wenn mir ein Mädchen so käme, würde ich es garantiert auch nicht ganz oben auf meine Wunschliste setzen. Andererseits: Das hier ist Carlas erster Tag gewesen, und am ersten Tag gehen nun mal ein paar Sachen schief. Weiß man doch. Weiß ich, weiß jeder. Weiß auch Carla, hoffe ich jedenfalls!

Nach Kai-Uwe noch Englisch bei Frau Tröber. Und Englisch bei Frau Tröber sind eigentlich die einzigen Stunden in der Woche, die Spaß machen. Dabei ist Frau Tröber echt nicht beliebt, und das nicht nur, weil sie sagt, dass unsere Klasse die schlechteste ist, die sie in ihren fünfzehn Jahren als Lehrerin gehabt hat. Glaub ich ihr! Aber wieso nur fünfzehn Jahre? Ich meine, Frau Tröber hat komplett graue Haare und ihr Gesicht ist so zerknittert wie mein Kopfkissen am Morgen, wenn ich schlecht geträumt hab. Sieht aus wie siebzig, Frau Tröber, und dass das mit den Siebzig eigentlich nicht sein kann, heißt noch lange nicht, dass es nicht stimmt.

Aber egal, zwischen Frau Tröber und mich passt kein Blatt Papier. Sagt man so. Sagt Vicky manchmal so. »Zwischen dich und mich passt kein Blatt Papier«, und wenn ich sie richtig verstehe, heißt das, dass sie mich mag. Ziemlich, und eigentlich sogar mehr, mehr als ziemlich, viel mehr, viel, viel mehr! O. k., Frau Tröber mag mich jetzt nur so normal und auf keinen Fall mehr als ziemlich. Aber: Englisch eins, das verbindet! Vor allem, wenn man mit der Eins ziemlich allein dasteht. In der Klasse. In der Schule. Eine Eins bei Frau Tröber, also das schaffen sonst nur die, die zu Hause eine englische Mutter oder einen englischen Vater haben. Hab ich nicht. Nie gehabt, und Vicky und Englisch, nein, da ist auch nicht viel.

Meine Eins kommt, glaube ich, vom Gitarrespielen. Also vom Singen, von den Texten. Nicht, dass da alle Vokabeln drin sind, die wir in der Schule brauchen, und wenn ich's mir recht überlege, sind da eigentlich überhaupt keine drin, die wir brauchen. Trotzdem geht einem das Englisch einfach ins Blut über, wenn man es dauernd singt, und so ist das Gitarrespielen neben dem Mädchen beeindrucken sogar noch für was anderes gut.

Aber eigentlich wollte ich was ganz anderes erzählen: Carla und Frau Tröber. Erste Stunde bei ihr, und klar hat Frau Tröber gleich mal ein bisschen was wissen wollen. Wo Carla vorher war und warum sie mitten im Schuljahr zu uns ans Hölderlin-Gymnasium kommt, wie es ihr bei uns gefällt, »in English, of course«. Kurze Pause. Frau Tröber still. Carla still. Ganze Klasse still. Carla hat Frau Tröber nicht angesehen, sondern einfach nur vor sich auf ihren Tisch geschaut, und ich hab gedacht, die sagt nichts. Streik. Erster Tag und gleich Streik! Muss man sich trauen, aber dann hat Carla plötzlich ihren Kopf gehoben und Frau Tröber angesehen, und im nächsten Moment hat sie doch noch was gesagt. Einen einzigen Satz, ganz leise und ohne ihr Gesicht dabei auch nur einen Millimeter zu verziehen: »I don't want to tell you anything about my life, nothing, totally nothing.«

Klare Ansage, und ich hab schon gedacht, dass Frau Tröber das jetzt nicht so richtig gut findet, und Carla erst mal eine ordentliche Standpauke hält, *in English, of course!* Hat sie aber nicht, kein bisschen. Stattdessen hat sie Carla für ihre perfekte Aussprache gelobt und sie in der Klasse willkommen geheißen. Das seltsamerweise auf Deutsch, und als ich nach der Stunde mit den anderen aus dem Klassenzimmer gegangen bin, hab ich gesehen, wie Carla und Frau Tröber noch vorne zusammen an ihrem Lehrerpult gestanden und sich unterhalten haben. Worüber? Keine Ahnung! Vermutlich nicht über Carlas Leben. Und auch nicht über das Wetter. Aber was geht es mich an, nothing, totally nothing!

»Zur Not geht's auch ohne Mädchen«

Lara hat tatsächlich mit einem Typen von der Zeitung gesprochen. Ihr Onkel, oder nein: der Bruder von ihrem Onkel. Oder der Freund vom Bruder von ihrem Onkel, so genau hab ich gar nicht zugehört. Jedenfalls hat der gesagt, dass das schon eine Geschichte für sie ist, also für die Zeitung, also wenn sie stimmt.

»Eben«, hat Luis noch einmal angefangen, »*wenn* sie stimmt«, und da ist Krok auf einmal auch mit eingestiegen. So von wegen, dass mein Verband nur ein Fake ist und ich mich damit nur wichtigmachen will, so Sachen eben.

»Klappe«, hat Lara ihn angezischt und dabei ausgesehen, als würd sie ihm gleich eine scheuern. Ihm oder Luis oder beiden, und obwohl sie's nicht getan hat, sind auf einmal alle um uns rumgestanden. O. k., alle minus eins, weil eine der Lara-Luis-Krok-Tumult nämlich überhaupt nicht interessiert hat: Carla! Ist an ihrem Platz sitzen geblieben und hat eine Banane gegessen. Ja, Banane. In Zeitlupe. Mausebiss für Mausebiss. Und als sie damit fertig gewesen ist, ist sie mit der Schale auch noch in aller Seelenruhe an uns vorbei zum Papierkorb und wieder zurück, und auch dabei: kein Blick!

Dann: Pause vorbei, Tumult vorbei, Mathe bei Herrn Leopold. Ungleichungen, und ich weiß nicht so recht warum, aber irgendwie hab ich gedacht, dass das Thema zum Tag passt. Lara hat nicht aufgepasst und ist zweimal von Herrn Leopold kalt erwischt worden. Ich hab immerhin so halb aufgepasst und Glück gehabt, dass ich gerade ein bisschen wach gewesen bin, als er mich aufgerufen hat.

»Richtig«, hat Herr Leopold gesagt und mir anerkennend zugenickt, »bei Multiplikation mit negativen Zahlen muss das Ungleichheitszeichen umgedreht werden.«

»Wie, negativ?«, hat Krok leise vor sich hingesabbelt, und da hat's ihm Carla noch mal erklärt. Hat in seinem Heft rumgekritzelt und ganz leise dazu auf ihn eingeredet. Wahrscheinlich genau das, was Herr Leopold vorher schon einmal erzählt hat, nur in Zeitlupe, aber kapiert hat Krok, glaube ich, null Komma null. Sein Gesicht ist jedenfalls weiter ein einziges großes Fragezeichen gewesen, so ähnlich wie meins in Chemie, und irgendwann hat auch Carla nicht mehr weitergewusst und »Ist halt so!« gesagt, und damit ist dann Schluss gewesen.

Nach der Stunde ist Lara noch einmal zu mir gekommen. Hat nicht lockergelassen, von wegen, dass sie, also ich, also wir dieses Mädchen finden sollen, und dass sie in der Zeitung dann sogar einen Fotobericht von mir bringen.

»Zur Not«, hat sie gesagt, »geht's auch ohne Mädchen, aber mit ist es besser.«

»Sagt der Zeitungsmann.«

Lara hat genickt.

»Komm, wir machen das!«

»Ne«, hab ich geantwortet, »machen wir nicht. Machen wir überhaupt nicht.«

Lara hat mich enttäuscht und irgendwie sogar entgeistert angestarrt, und obwohl sie schon im nächsten Moment abgezogen ist, bin ich mir sicher, dass es das noch nicht gewesen ist.

Ach ja, eines noch: Da war mal was. Mit Lara. Nicht lang und auch nicht besonders aufregend, aber immerhin einmal Bett. Jetzt nicht viel, und eigentlich mehr auf dem Bett als drin und angezogen auch. Bisschen Hände unterm Shirt halt und fast sogar in der Hose. Aber eben nur fast, alles nur fast. Ist nach einer Party bei ihr gewesen, als die anderen gegangen sind, bin ich einfach noch geblieben. Hat sich dann so ergeben, und eigentlich hätt's wegen mir ruhig noch mit ihr weitergehen können. Unverbindlich, aber Lara hat nicht gewollt. O. k., auch in Ordnung, nur hab ich irgendwie das Gefühl, dass sie das jetzt nachholen will. Ich meine, weshalb sonst dieser ganze Zeitungsquatsch?

Egal, weil nach der Stunde hat's noch was anderes gegeben, und darüber lohnt es sich eigentlich viel mehr zu erzählen: Carla! Sie hat gesprochen! O. k., war jetzt nicht viel und auch nicht wirklich weltbewegend, aber gesprochen. Mit mir!

»Sag mal«, hat Carla gesagt, »wo ist hier eigentlich die Schulbibliothek?«

Einfache Frage. Einfache Antwort! Zumindest, wenn man nicht gerade einen Stotteranfall hat. Hab ich sonst nie und warum ausgerechnet jetzt, keine Ahnung.

»Hinten, also unten, hinten/unten, weißt du, wo der Chemiesaal ist? Also da nicht, andere Seite. Durch die Aula durch und dann rechts. Oder du gehst gleich über die schmale Treppe hinten am Musiksaal. Oder nein, die besser nicht ...«

Ist noch ein bisschen so weitergegangen, so lange, bis Carla genickt und »Ich glaube, ich frag unten noch mal jemand« gesagt hat. Dann umgedreht und weg, und außer mir hat nur noch Luis vor dem Klassenzimmer gestanden und mich blöd angegrinst.

»Also wenn sie mich gefragt hätte«, hat er gesagt, »hätte ich ihr die Bibliothek einfach gezeigt.«

Arschloch, Luis! Hat sie aber nicht, und wenn ich eins weiß, dann dass dich nie ein Mädchen was fragen wird. Vergiss es, es sei denn, du nimmst irgendwann mal zweihundert Kilo ab, und dass das nicht passiert, weiß ich auch.

»Arschloch«, hab ich gesagt, den Rest aber nicht, und Luis hat mich noch blöder angegrinst als vorher schon, und da hab ich ihn einfach stehen lassen.

* * *

Am Nachmittag bin ich mit Eric ein bisschen Pool im *Check-in* spielen gegangen. Eric ist aus der Parallelklasse und dort so ein bisschen ein Klon von mir. Oder ich von ihm, was heißt, dass er wie ich in der Schule immer kurz vorm Abgrund steht, dafür aber das Mädchen-Ding ganz gut auf die Reihe kriegt. Auch ohne Gitarre.

Eric ist so eine Art Naturwunder. Stell mal einen Supermagneten in eine Nagelfabrik, so einen mit Elektro drin, und schalt ihn an! Zack, kleben alle Nägel dran. Und jetzt Eric in ein Zimmer mit lauter Mädchen. Gleicher Effekt, garantiert! Dabei legt er's noch nicht mal drauf an. Naturwunder eben, aber solange wir uns dabei nicht in die Quere kommen, ist eigentlich alles o. k. zwischen uns. Kein Neid, und nur dass er manchmal stöhnt, dass ihm die Mädchen so langsam zu viel werden, nervt ein bisschen.

Wir sind gerade mitten in unserem dritten Spiel gewesen, als Eric auf einmal gesagt hat: »Was ist das eigentlich für eine, also diese Neue bei euch?«

Ich hab gerade die Elf einlochen wollen, die idiotensicher vor der Ecktasche gelegen hat, aber irgendwie ist mir das Queue genau in dem Moment von meinem Verband abgerutscht, als Eric »diese Neue« gesagt hat, und die Elf ist gegen die Ecke vom Loch und wieder zurück aufs Spielfeld gerollt.

»Super Stoß«, hat Eric gesagt und gelacht, und ohne noch weiter auf meine Antwort zu warten, ist er an den Tisch und hat drei Kugeln in Serie eingelocht.

»Carla«, hab ich gesagt, »mehr weiß ich auch nicht.«

Schlechte Antwort. Jedenfalls für Eric. Hat sich aufgerichtet und zu mir umgedreht.

»Wie, ›mehr weiß ich auch nicht‹? Du bist doch schon zwei Tage mit ihr in einer Klasse. Da weiß man doch irgendwas.«

Hab mit den Schultern gezuckt und Kreide vorne auf mein Queue draufgerieben, dabei ist ja immer noch Eric dran gewesen.

»Tickt irgendwie anders, schwer zu knacken, würde ich mal sagen.«

Gesagt und *scheiße* gedacht. Steilvorlage! Steilvorlage und Aufreißergeschwätz. Wobei das zweite Eric wahrscheinlich gar nicht groß aufgefallen ist, weil er selbst gerne mal solche Sprüche loslässt. Die Steilvorlage aber schon, also aufgefallen, aufgefallen und verwandelt.

»Wenn du nichts dagegen hast«, hat Eric gesagt, »dann übernehme ich das Knacken, das wird schon«, und ohne eine Antwort von mir abzuwarten, hat er sich wieder zum Tisch umgedreht und seine restlichen Kugeln eingelocht und die schwarze gleich hinterher, und weil auch die nächsten beiden Runden nicht besser für mich gelaufen sind, ist Erics Cola am Ende auf mich gegangen.

* * *

Am Abend Essen mit Vicky, wie immer mittwochs. Irgendwie Tradition, dabei weiß ich gar nicht mehr, warum und wann das Ganze angefangen hat. Vicky kocht und dafür, dass sie das nur einmal die Woche macht, schmecken die Sachen von ihr nicht mal übel. O. k., richtig gut jetzt auch wieder nicht, tut aber nichts zur Sache, weil es eigentlich sowieso nicht ums Essen geht. Vicky erzählt, und ich erzähle, und gar nicht mal selten vergessen wir darüber komplett die Zeit. Schon klar, klingt jetzt nicht so irrsinnig spannend, mit seiner Ersatzmama die Nacht durchzuquatschen. Hat was von Therapiesitzung für verhaltensgestörte Spätpubertierer. Zumindest, wenn die Ersatzmutter nicht Vicky heißt. Heißt sie aber, und wenn ich auf einen Menschen auf der ganzen Welt nichts kommen lasse, dann auf Vicky. Ich meine, sie ist von jetzt auf nachher zu einem Kind gekommen, das sie nicht geplant hat. Vicky hat überhaupt keine Kinder geplant. Wollte sie nicht, kein bisschen, und dann bin ich in ihr Leben geschlittert. Gut, ganz so schnell ist es auch wieder nicht gegangen, weil so ein Krebs, der braucht schon eine Weile, bis er ein Leben aufgefressen hat, und für zwei braucht er noch ein bisschen länger. Vicky sagt, dass die Ärzte behauptet haben, dass es so was eigentlich gar nicht gibt. Also zwei Eltern, die im Abstand von einem halben Jahr denselben Krebs bekommen. Geradeso, als ob der Krebs ansteckend wäre. Ist er aber nicht, und gibt es doch, sieht man ja, und dass ich offensichtlich der einzige Junge bin, dem die Eltern so weggestorben sind, echt, auf den Seltenheitswert hätte ich gerne verzichten können. Und Vicky gleich zweimal! Ist ja nicht nur so, dass sie keine Kinder gewollt hat. Ich hab auch keine Ersatzmama gewollt. Und auf einmal ein Kind an der Backe zu haben, das einen hasst wie Spinat, ist echt kein Zuckerschlecken. Sagt Vicky. Glaube ich ihr und auch, dass das sechs Jahre so gegangen ist. Sechs Jahre, bis ich wieder einigermaßen in der Spur gewesen bin.

»Hat sich aber gelohnt«, sagt sie und lacht oder boxt mir gegen den Arm oder macht sonst irgendwas, und all der Spinat ist vergessen, lange schon.

Ersatzmama also. Oder Ersatzersatzmama. Noch keine zwei Wochen ist das jetzt her. Dass ich diesen Brief gefunden hab, also bei Vicky, in der Schreibtischschublade. Scheiße, ich will eigentlich immer noch nicht so richtig drüber nachdenken. So ein Amtsding, der Brief, mit fettem Stempel am Ende und Krikelkrakel-Unterschrift. Hat alles ziemlich offiziell ausgesehen. Und geklungen auch. Und da hat, also gestanden hat da, dass ich, also Vicky, nein, dass Mam und Dad … Ist halt so amtsdeutsch gewesen, da versteht man nicht gleich jedes Wort. Aber irgendwie hab ich's trotzdem verstanden, glaube ich jedenfalls. Und dann ist Vicky heimgekommen. Und ich hab schnell die Schublade wieder zugemacht. Und raus aus ihrem Zimmer. Und seitdem: nie wieder!

Vicky hat übrigens einen ziemlichen Männerverbrauch. Hab ich mal komisch gefunden, jetzt nicht mehr. Ist halt auch eher der unverbindliche Typ, und eigentlich ist's mir so lieber, als wenn sich irgendwann mal ein Ersatzpapa hier einnistet. Manche bleiben bis zum Frühstück, und wenn Vicky sie richtig gut findet, kommen sie sogar noch zwei-, dreimal wieder. Und einer, ein Einziger hat es sogar auf einen Monat gebracht. Heute Abend keiner. Mittwochs eigentlich nie, und es muss schon eine Mischung aus George Clooney und Zac Efron ums Haus schleichen, dass sie unser Date sausen lässt.

»Keine Ahnung«, hat sie heute nach dem Essen und vor dem Nachtisch zu mir gesagt, »aber ich hab so ein blödes Gefühl.«

»Was für ein blödes Gefühl denn«, hab ich zurückgefragt, »wegen mir?«

Vicky hat kurz zu mir und dann zum Fenster geschaut, hinter dem sich draußen was zusammengebraut hat, das halbwegs nach Weltuntergang ausgesehen hat.

»Quatsch wegen dir«, hat sie leise geantwortet, und als sie sich schließlich zu mir zurückgedreht hat, hat sie Tränen in den Augen gehabt. »Ich glaube, ich komme in die Wechseljahre.«

»Und, was ist so schlimm daran? Wolltest du etwa auf einmal doch noch Kinder kriegen?«

Vicky hat den Kopf geschüttelt und kurz gelacht. Nicht

so echt, aber jetzt auch nicht hysterisch oder so. Kann sie gar nicht, hysterisch. Kurze Heulnummern schon, aber die sind zum Glück immer schnell wieder vorbei.

»Man schwitzt, wird fett und hat keine Lust mehr auf Sex. Genug, dass man sich scheiße fühlt.«

»Und? Ich meine, bei dir?«

Vicky hat kurz gezögert, und ich hab schon gedacht: falsche Frage. Aber dann hat sie gelacht und ihr T-Shirt ein Stück hochgezogen, und ich hab ihren nackten Bauch gesehen, wie er sich über den Hosenbund rollt. Ein bisschen jedenfalls.

»Zwei Kilo, aber der Rest ist noch o. k.!«

»Fragt sich nur«, hab ich erwidert, »ob du mit so einem Ranzen noch einen abbekommst.«

Kurze Funkstille. Sehr kurze Funkstille. Dann hat Vicky einen Lachanfall bekommen. So komplett, mit Tränen in den Augen und Bauch halten, wie öfter mal, wenn man einen Witz auf ihre Kosten macht, und allein dafür liebe ich sie!

Nachtisch hat sie trotzdem gegessen, eine Portion, die eine fünfköpfige Familie satt gemacht hätte. Und als sie damit fertig gewesen ist, hat sie sich genüsslich in ihrem Stuhl zurückgelehnt, und auch ich hab mich genüsslich in meinem Stuhl zurückgelehnt, und dann haben wir gemacht, was wir immer am Mittwoch nach dem Essen machen: Kurz ansehen, mit den Augen zwinkern, eins, zwei, drei, und dann zeitgleich rülpsen, dass das Haus wackelt. Das ist Vicky, und dass sie auch Dame von Welt spielen kann und als Job große Werbekampagnen für *Mercedes* plant, möchte man in solchen Momenten nicht glauben.

Ach ja, über Lara haben wir auch noch gesprochen. Ich hab Vicky gefragt, ob sie das für möglich hält. Also das mit der Zeitung und dass Lara das durchzieht, und scheiße, ja, das hält sie für möglich.

»War da nicht mal was mit ihr?«

Ich hab genickt und »Ja, war's« geantwortet, und ab dem Moment hat Vicky es für noch möglicher gehalten. Also sozusagen für sicher, und auch wenn mir eigentlich ja gar nichts passieren kann, bin ich irgendwie mit einem blöden Gefühl ins Bett. Wegen Lara, aber auch wegen dem bescheuerten Brief. Hab Vicky immer noch nicht danach gefragt. Und für so was gibt's eigentlich keinen besseren Tag als den Mittwoch. Mittwochabend. Wenn Vicky und ich über alles reden. Und wenn ich jetzt sage, dass ich's einfach vergessen hab, glaubt mir das natürlich keine Sau. Noch nicht einmal ich.

»Wollen wir Halma spielen?«

Carla ist jetzt eine Woche in der Klasse. Hat schon mindestens zehn Sätze mit uns gewechselt, echte Plaudertasche. Krok sagt, dass er das eigentlich ganz o.k. findet, wenn neben ihm mal ein bisschen Ruhe ist. Genialer Witz! Ich meine, neben Krok ist auch vorher Ruhe gewesen. Neben Krok ist immer Ruhe, ganz einfach, weil nie jemand neben Krok sitzen will. Aber egal, Carla: zehn Sätze! Plus die, die sie im Unterricht gesagt hat, aber das sind auch nicht wirklich viele gewesen. Das Seltsame: Alles, was sie dabei gesagt hat, hat gestimmt. Zu hundert Prozent, komplett richtig. Sieht eigentlich immer halb so aus, als ob sie schlafen würde an ihrem Platz. Tut sie aber nicht, weil sonst könnte sie ja die Fragen der Lehrer nicht beantworten. Keine Ahnung, wie sie das macht.

Seltsam/Teil 2: Als wir gestern eine Mathearbeit geschrieben haben, hat sie am Ende der Stunde ein leeres Blatt abgegeben. Und das, obwohl sie vorher auch in Mathe immer alles gewusst hat. Wie geht das? Ich meine, wenn man alles weiß, dann kann man doch wohl auch ein bisschen was davon aufs Blatt schreiben. Hat sie aber nicht, keine einzige Zahl, keinen einzigen Buchstaben. Außer ihrem Namen vielleicht, aber dafür gibt's noch nicht mal bei Herrn Leopold Punkte.

»Tut mir leid«, hat Carla gesagt, als er durch die Reihen gegangen ist, um die Arbeiten einzusammeln, »war mir noch zu schwer.«

Herr Leopold hat ein bisschen um Fassung gerungen. Weil, wenn Herr Leopold auch manchmal ein bisschen seltsam ist, so richtig schwer macht er seine Arbeiten eigentlich nie. Und dass einer gar nichts weiß, also das hat's noch nie gegeben.

»Wie, zu schwer?«, hat er vor sich hin gestammelt, und da hat Carla mit den Schultern gezuckt und nichts mehr gesagt, und als Herr Leopold am nächsten Tag, also heute, die korrigierten Arbeiten ausgeteilt hat, hat sie als Einzige ihr Blatt nicht zurückbekommen. Herr Leopold hat gesagt, dass er sich weigert, einer Schülerin ein leeres Blatt mit einer Sechs drauf auszuhändigen, weil das einfach nur lächerlich ist. Und dass Carla die Arbeit in der nächsten Stunde nachschreiben muss, aber ich zweifle daran, dass die Sache dann anders ausgeht.

Als Einziger hat Krok Carla gefragt, warum sie das gemacht hat. Weil, dass das schlecht zusammenpasst, im Unterricht alles zu wissen und dann in der Arbeit ein leeres Blatt abzugeben, ist sogar ihm aufgefallen. Aber Carla hat gar nicht auf seine Frage reagiert und stattdessen in aller Ruhe ihre Tasche gepackt. Also richtig, wie fürs Heimgehen, und genau das hat sie dann auch gemacht. Einfach so. Nach der zweiten Stunde. Krank, hat sie behauptet, ganz plötzlich. Glaub ich aber nicht, und glaubt auch sonst keiner. Weil außer blass hat eigentlich alles ganz normal an ihr ausgesehen. Und blass ist sie ja immer.

* * *

Am Nachmittag bin ich Carla dann zufällig in der Stadt begegnet. Ich hab einen Satz neue Saiten für meine Gitarre gebraucht, und als ich aus dem Gitarrenladen rausgekommen bin, bin ich ihr sozusagen in die Arme gelaufen. Also jetzt nicht richtig, weil Carla auf der anderen Straßenseite war und noch nicht mal zu mir rübergesehen hat. Aber auf alle Fälle war ich nah genug an ihr dran, dass sie's gehört hätte, wenn ich ihren Namen gerufen hätte. Hab ich aber nicht, und sowieso ist sie ziemlich schnell wieder verschwunden gewesen. Trotzdem: Zeit genug, um zu sehen, dass a) Carla noch immer nicht krank ausgesehen hat und b) der Typ, mit dem sie unterwegs gewesen ist, extremst krank ausgesehen hat. Rollstuhl, total abwesend. Kopf auf der Brust, Augen zu, um den Hals so eine Art Babylätzchen, das schon überall vollgesabbert gewesen ist. Alter: irgendwas zwischen fünfzehn und fünfundzwanzig. Echt nicht schön, der Anblick, und für die paar Sekunden, die ich die beiden gesehen hab, hat's mir komplett den Hals zugeschnürt. Ich meine, es gibt einfach Menschen, die haben ein Scheißpech im Leben. Und bei manchen ist das Pech so groß, dass es fast gar kein Leben ist, das sie abbekommen haben.

Keine Ahnung, wer der Typ gewesen ist, Carlas Freund, ihr Bruder oder nur einer, den sie manchmal ausfährt. Freiwillig, so was gibt's. Aber egal wie, auf einmal ist mir völlig klar gewesen, warum sie in der Schule so komisch ist. Möchte ich mal andere sehen, wie die so drauf wären, wenn sie am Nachmittag statt Freibad oder Pool spielen einen Halbtoten durch die Straße schieben müssten. Möchte ich mich mal sehen. Nein, möchte ich lieber nicht!

Übrigens: Carla hat kein bisschen traurig gewirkt. Eher so halb-fröhlich, und im Vergleich zu ihren Schulgesichtern ist das schon Hochstimmung gewesen. Wer kapiert so was? Ein Mädchen, das in der Schule keine Miene verzieht, mit keinem spricht und mit Absicht Sechsen schreibt, ist auf einmal gut gelaunt, wenn sie einen Schwerbehinderten im Rollstuhl durch die Stadt fährt. Ist mir zu hoch, und vielleicht sollte ich das mit Carla lieber lassen. Ich meine, die Schule ist voll mit Mädchen, die ganz normal sind. Die nachmittags mit ihren Freundinnen abhängen. Oder in die Stadt shoppen gehen. Ganz normale Mädchen eben, die man ab und zu sogar lächeln sieht. Auch ohne Rollstuhl, den sie durch die Stadt schieben.

Entschluss 15:42 Uhr: Carla ist aus dem Spiel. Bei mir. Soll sich Eric an sie ranschmeißen, wenn er will. Aber ich glaube, da wird auch nicht viel draus, weil Eric nämlich gleich zweimal nicht auf komplizierte Mädchen steht. Komplizierte Mädchen sind was für komplizierte Jungs, sagt er, und irgendwie, finde ich, hat er damit sogar recht.

Nach dem Gitarrenladen bin ich kurz in die Drogerie, neues Deo kaufen, und dann noch in ein paar Klamottenläden, weil ich eine Jeans und eine neue Beanie gesucht hab. O. k., das mit den Klamottenläden ging ein bisschen länger, aber richtig lange auch wieder nicht, und als ich aus dem dritten wieder rausgekommen bin – ohne Jeans und ohne Beanie – da ist gerade mal eine halbe Stunde rumgewesen. Halbe Stunde seit der Begegnung mit Carla, und wie ich da eben rauskomme, also aus dem dritten Klamottenladen, ist sie schon wieder da. Carla, auf der anderen Straßenseite, nur ohne Rollstuhl und ohne Typ und ohne halb-fröhlich. Dafür ziemlich schnell, fast schon im Laufschritt, und ich kann echt nicht sagen warum, aber in der selben Sekunde hab ich meinen Entschluss von 15:42 Uhr schon wieder über den Haufen geworfen. Ich Carla hinterher, auch Laufschritt, mit Abstand. So detektivmäßig halt, dabei hab ich gar nicht so genau gewusst, was ich über sie hab rausfinden wollen. Trotzdem hinterher, was gar nicht so einfach ist, wenn man keine Ahnung vom Detektivspielen hat. Mal bin ich so nah an ihr dran gewesen, dass sie mich fast entdeckt hätte. Dann wieder viel zu weit weg, und um ein Haar hätte ich sie dabei aus den Augen verloren. Das heißt, eigentlich ist sie schon weg gewesen, und ich hab sie eher zufällig ein paar Minuten später und zwei Ecken weiter vor dem Schaufenster von einem Hutladen wiedergefunden. Hat sich tatsächlich Hüte angeschaut. Herrenhüte! Altherrenhüte! Sonderangebote! So ziemlich das Letzte, was man sich auf den Kopf setzen kann! Hat sie auch nicht, und nach zehn Sekunden ist sie weitergegangen und in die nächste Straßenbahn gestiegen, und klar, ab da ist die Sache endgültig zu gefährlich gewesen. Hab der Straßenbahn noch hinterhergesehen, bis sie um die nächste Ecke verschwunden ist, und irgendwie bin ich mir in dem Moment komplett bescheuert vorgekommen. Ich meine, Mädchen hinterherzulaufen, ohne sie anzusprechen, ist vielleicht was für Gerrit oder Luis. Oder für Krok oder Tim. Oder was für echte Detektive. Oder für verklemmte Spanner. Aber für mich?

* * *

Am Abend hab ich noch ein bisschen Gitarre geübt. Keine Ahnung warum und Betonung auf bisschen, weil der Daumen immer noch wehgetan hat, und irgendwie braucht man ihn beim Gitarrespielen eben doch. Drückt von hinten gegen den Hals, während die anderen Finger vorne die Saiten greifen. Und greifen ist nicht, wenn hinten nichts drückt. Dann schlabbern die Finger vorne rum, und das Ganze klingt schlimmer als Ellis Mozart-Konzert. Und das will echt was heißen.

Gitarre wieder zur Seite gestellt und rüber zu Vicky, aber Vicky ist beschäftigt gewesen. Knutschen auf dem Sofa mit einem Typen, der ausgesehen hat wie Thomas Gottschalk. Nicht mehr so ganz taufrisch, mit goldener Lockenmähne und Cowboystiefeln, und auch der Rest hat schwer einen auf »Ich-fühl-mich-noch-total-jung« gemacht. Eigentlich kein Vicky-Typ, noch nicht mal für eine Nacht, und ich müsste mich schwer wundern, wenn er es überhaupt bis zum Morgen schafft.

»Das ist Thomas«, hat Vicky gesagt, als sie mal kurz voneinander abgelassen haben, und für einen Moment hab ich tatsächlich gedacht, sie hätte Thomas Gottschalk abgeschleppt. Aber dann hat er den Mund aufgemacht und »Du musst Finn sein« gesagt, und da hab ich mich echt zusammenreißen müssen, um nicht laut loszulachen. Der Typ hat eine Stimme gehabt, als hätte ihm jemand die Eier abgesäbelt. Total hoch, frauenmäßig, und irgendwie hat so wenigstens seine Frisur Sinn gemacht.

O.k., Vickys Sache! Trotzdem bin ich froh gewesen, als ich keine Stunde später die Wohnungstür gehört hab und Vicky, wie sie in der Küche das Radio angedreht hat.

»Gut so«, hab ich zu ihr gesagt, als sie kurz darauf ihren Kopf in mein Zimmer gestreckt hat.

»War, glaube ich, so eine Mitleidsgeschichte«, hat Vicky ernst geantwortet, »Frau gestorben, Sohn gestorben, Hodenkrebs, das ganze Programm. Wollte ihn ein bisschen aufheitern.«

»Und«, hab ich gefragt, »hat's geklappt?«

Vicky hat mit den Schultern gezuckt.

»Vielleicht. Aber jetzt hab ich ihn an der Backe, und du weißt ja, dass ich nichts Festes will.«

»Weiß er aber nicht.«

»Ahnt er noch nicht mal. Morgen will er wiederkommen. Und weißt du, was er noch gesagt hat?«

Jetzt hab ich mit den Schultern gezuckt, und ich glaube, ich hab's gar nicht wirklich wissen wollen. Oder nur ein bisschen, ja, ein bisschen vielleicht schon.

»Thomas hat gesagt, dass wir doch mal einen Spieleabend miteinander machen können. Also wenn es noch irgendeinen Beweis gebraucht hat, dass ich alt werde, dann hab ich ihn jetzt. Früher wollten die Männer mit mir ins Bett, jetzt wollen sie einen Spieleabend mit mir machen. Was für ein Desaster!«

»Na ja«, hab ich erwidert, »vielleicht will er ja danach mit dir ins Bett. Also wenn ihr mit Mühle und Halma fertig seid.«

Vicky hat den Kopf geschüttelt.

»Ich fürchte, das ist eher so ein Siedler-von-Catan-Typ. Und unter drei Runden geht der nicht vom Tisch. Und ehrlich, danach will ich auch keinen Sex mehr. Wie geht's deinem Daumen?«

»Immer noch bunt! Tut aber nicht mehr weh. Oder nur ein bisschen.«

Hab ihn hochgehalten, den Daumen, also die Hand, und Vicky hat ihn sich von allen Seiten angesehen, genauso wie der Doc vor einer Woche. Dann Vicky-Lachen.

»Notschlachtung, für alles andere ist es zu spät. Wollen wir Halma spielen?«

»Training für Tommy?«

Vicky hat genickt. »Verlieren will ich jedenfalls nicht gegen ihn, wenn er mit seinem Vorschlag ernst macht.«

Zwei Minuten später mit Vicky am Tisch. Spielesammlung, Halma, dann Dame, dann Fang-den-Hut. Und auch wenn ich nicht mitgezählt hab, würde ich mal sagen, am Ende ist der Abend so ungefähr 20:3 für Vicky ausgegangen. O.k., immerhin drei Punkte, alle bei Fang-den-Hut. Aber Dame und Halma? Null Chance! Und wenn dieser Thomas hier tatsächlich irgendwann mal mit seinem Spielekoffer unterm Arm auftaucht, also da kann er sich schon mal auf was gefasst machen.

»Das kriegt sie zurück!«

Eric ist ein Arsch. Hat sich heute tatsächlich an Carla rangeschmissen. Hofpause, gleich neben dem Bäckerstand. Hinter Carla angestellt, wie sie ein Schinkenbrötchen und eine Milch gekauft hat und dann keine fünf Meter weiter einen auf »Sieh-an-da-haben-wir-wohl-Lust-auf-dasselbe-gehabt« gemacht. Gut, ich hab ihm Carla ja irgendwie überlassen, und er hat mir ja schon angekündigt gehabt, dass er sie knacken will, aber muss er das unbedingt vor meinen Augen machen? Wobei, so schlecht ist die ganze Sache noch nicht mal abgelaufen, und wenn ich's mir recht überlege, sogar richtig gut. Sind da gestanden, Carla und Eric, und haben ihre Schinkenbrötchen in sich reingeschoben, und erst mal: nicht gut! Weil so viel, wie Carla zwischen zwei Bissen gequatscht hat, also das hab ich noch nicht erlebt. Hab's ja nicht verstanden, zu weit weg, aber so, wie sich ihre Lippen die ganze Zeit bewegt haben, hat sie Eric gerade ihr ganzes Leben erzählt. Eric hat einen auf total interessiert gemacht, ein echter Zuhörer eben, einer der mitgeht, der nachfragt, der verständnisvoll nickt, und echt, ich glaube auf dem ganzen Planeten gibt es keinen Zweiten, der das so draufhat wie er. Aber was dann gekommen ist, puh, also ich würde mal sagen, da hat Eric noch eine Weile dran zu knabbern. Weil dass ihm ein Mädchen vor ein paar Hundert Schülern im Schulhof ihre Milch ins Gesicht schüttet, das lässt einen schon nicht so richtig gut aussehen. Das lässt einen sogar richtig schlecht aussehen, noch dazu wenn man mindestens zehn Sekunden lang mit der Milch im Gesicht einfach nur dasteht und nicht weiß, was man tun soll, und dass Herr Leopold die Sache gesehen und Carla gleich mal ins Direktorat zu Herrn Kling abgeführt hat, hat das Ganze für Eric auch nicht mehr gerettet. Aber gut, was fasst er Carla auch an? Ich meine, Eric hat sie doch noch gar nicht gekannt. Und dann gleich anfassen, auch wenn es nur ganz flüchtig und nur an der Schulter gewesen ist, also das geht wirklich nicht. Gut, geht schon, manchmal wenigstens, und wenn nicht, hat man normalerweise trotzdem nicht gleich einen Tetra Pak Milch im Gesicht hängen. Aber was ist schon normal? Carla jedenfalls nicht, das immerhin hätte ich Eric sagen können. Hab ich aber nicht, und jetzt hat er dagestanden wie ein kompletter Idiot, und wenn ich ehrlich bin, hab ich schon meinen Spaß dran gehabt. So wie auch der Rest vom Schulhof. Großes Gelächter, klar, und auch wenn's mir schwergefallen ist, ich hab nicht mitgemacht oder fast nicht mitgemacht, und bin stattdessen zu Eric hin und hab ihm ein angerotztes Taschentuch aus meiner Hosentasche gegeben.

»Fotze«, hat Eric gezischt und sich die Milch, so gut es ging, aus dem Gesicht gewischt, »das kriegt sie zurück!«

»Hättest sie auch nicht gleich anfassen müssen«, hab ich erwidert, aber das hat Eric nur noch wütender gemacht.

»Scheiße, was heißt hier anfassen? Ich hab ihr einen Krümel von der Schulter gewischt, und was macht sie? Aber das kriegt sie zurück, das kriegt sie zurück.«

Kurz darauf ist die Pause zu Ende gewesen. Englisch bei Frau Tröber, Carlas Platz leer. Am Anfang jedenfalls, aber dann ist sie doch noch gekommen, und obwohl sie von Kling Klong in seinem Direktorenzimmer ziemlich sicher ordentlich zusammengeschissen worden ist, hat sie ganz entspannt ausgesehen.

»Everything fine?«, hat Frau Tröber sie gefragt, und Carla hat sich gesetzt und genickt und »Everything fine!« geantwortet, und der Rest des Schultags ist dann eigentlich ganz normal gewesen.

Gut, eins noch: Eric hat mich nach dem Unterricht am Fahrradständer abgepasst und gesagt, dass wir was gegen Carla machen müssen. Also zusammen. So von wegen, dass wir uns so was von einem Mädchen nicht bieten lassen dürfen, und dass sonst bald alle mit so einem Scheiß anfangen.

»Wieso wir?«, hab ich zurückgefragt. »Mir hat sie ja keine Milch ins Gesicht geschüttet.«

»Ja, klar«, hat Eric erwidert, »aber hätte dir genauso passieren können. Da muss man zusammenhalten.«

Ich hab einen Moment nachgedacht. Oder nein, ich hab keinen Moment nachgedacht, weil es da eigentlich gar nichts zum Nachdenken gegeben hat, und stattdessen hab ich »Deine Mädchen, deine Probleme, meine Mädchen, meine Probleme« gesagt, und da ist Eric erst mal ein bisschen ausgerastet.

»Scheiße, ich hab kein Problem. Die Fotze hat ein Problem. Die schüttet mir Milch ins Gesicht, das ist krank, einfach nur krank.«

»Und jetzt«, hab ich geantwortet, »willst du sie wieder gesund machen?«

»Nein, will ich nicht. Einen Denkzettel soll sie kriegen, das will ich.«

Eric ist immer noch wütend gewesen, aber ausgesehen hat er anders, eher ein bisschen irre. So mit Killerblick und ehrlich: Wenn ich Carla wäre, würde ich mir wirklich Sorgen machen. Dann hat Eric sein Fahrrad aufgeschlossen und ist damit ab auf die Straße und auf und davon, und weil mein Fahrrad einen Platten gehabt hat, hab ich's nach Hause geschoben. Keine große Sache, weil Vicky und ich gerade mal fünfhundert Meter von der Schule weg wohnen. Blöd nur, dass Lara mich gesehen hat und zack: Lara neben mir! Auch zu Fuß und auch mit Fahrrad, dabei hat ihres ganz klar keinen Platten gehabt.

»Und?«, hat sie mich gefragt, und wenn ich eines nicht leiden kann, dann sind es Menschen, die »Und?« fragen. Und wenn die Menschen auch noch Lara heißen, kann ich's gleich doppelt nicht leiden. Hab erst mal nichts gesagt, und als Lara irgendwann ein »Wird langsam eng, was?« hinterhergeschoben hat, hab ich genickt.

»Chemie und Französisch. Wenn Seeger will, kann er mich ganz allein über die Klinge springen lassen.« Steilvorlage! Gesagt, und im selben Moment gewusst, was als Nächstes kommt.

»Chemie kann ich dir nicht helfen, aber Französisch schon. Komm einfach mit, ich lern mit dir.«

Ja, ja, Lara, hab ich bei mir gedacht, du lernst mit mir. Du lernst genau fünf Minuten mit mir, und dann willst du da weitermachen, wo wir damals nach deiner Party aufgehört haben.

»Gut«, hab ich geantwortet, »gehen wir. Hab aber keine Kondome dabei.«

Ne, Scherz, hab ich nicht geantwortet. Aber mitgegangen bin ich wirklich, und obwohl ich fast zwei Stunden bei ihr gewesen bin, haben wir echt nichts anderes gemacht, als Französisch zu lernen. Also erst mal, aber als wir uns dann an der Tür verabschiedet haben, ist sie mir auf einmal doch am Hals gehangen. Hab versucht, Lara ein bisschen von mir wegzuschieben, aber Lara hat sich nicht wegschieben lassen und sich im Gegenteil so fest an mich gedrückt, dass in meiner Hose auf einmal jede Menge Aufregung gewesen ist. Und das, obwohl ich ja eigentlich gar nicht gewollt hab, also mit Lara, also überhaupt nichts, noch nicht einmal umarmen.

»Na, na«, hat sie in mein Ohr geflüstert, und irgendwie sind wir dann doch wieder in ihrem Zimmer gelandet, in ihrem Zimmer, auf ihrem Bett, und zum Rest: kein Wort!

* * *

Am nächsten Tag ist Carla immer noch das Top-Thema in der Schule gewesen. Und ein bisschen auch Lara und ich, weil Lara nämlich überall rumerzählt hat, dass wir wieder miteinander gehen. Vor allem *wieder!* Ich meine damals, dass ist einfach kein bisschen miteinander gehen gewesen, und jetzt ist es das auch nicht. Jedenfalls sehe ich das so, und wie Lara das sieht: ihre Sache. Trotzdem Glück, dass sich niemand so richtig für Laras Geschichte interessiert hat. Eben wegen Carla. Nein, wegen Eric, vor allem wegen Eric. Der hat sich nämlich in der Hofpause wie gestern am Kiosk angestellt und eine Milch gekauft und sie dann mitten im Schulhof Carla ins Gesicht geschüttet. Ins Gesicht und mehr noch auf ihr T-Shirt, weil er nämlich nicht so richtig getroffen hat. Wow, Eric, ganz großes Kino! Bestimmt stehen hier morgen die Hollywood-Studios Schlange, um sich die Filmrechte zu sichern. *Eric, der Rächer*! Ich seh schon das Plakat am Cinemaxx hängen.

»So«, hat Eric nach seiner Heldentat gesagt, so laut, dass man es auch noch im hintersten Winkel des Schulhofs gehört hat, »jetzt sind wir quitt!«

Dazu hat er so ein bisschen grenzdebil gelacht und hat auch sonst nicht besonders helle ausgesehen. Ich meine, ist er ja auch nicht, aber so wie er dagestanden hat, Grinsen im Gesicht und Tetra Pak in der Hand, aus dem noch ein kleines Rinnsaal auf den Schulhof getröpfelt ist, also in dem Moment ist er einfach nichts anderes gewesen als der größte Idiot der ganzen Schule. O.k., klar, das gestern von Carla ist vielleicht einen Tick zu heftig gewesen. Ein halber Liter Milch für eine Hand auf der Schulter, ne, das geht wirklich nicht in Ordnung. Aber wie Eric am nächsten Tag einen auf »Auge-um-Auge-Zahn-um-Zahn« zu machen, das ist einfach nur lächerlich. Ich glaube, so hat's auch der Rest auf dem Schulhof gesehen. Inklusive Herrn Leopold, der wie gestern Aufsicht gehabt hat und schon wieder angerauscht gekommen ist, um den Nächsten zum Direktor abzuführen. O.k., angerauscht ist vielleicht nicht ganz das richtige Wort, weil Herr Leopold mit seiner Wampe jetzt nicht gerade zu den Sprintern unter den Lehrern gehört. Aber beeilt hat er sich für seine Verhältnisse schon. Trotzdem ist er zu langsam gewesen. Zu langsam für Carla. Bis Herr Leopold am Ort des Geschehens angekommen ist, hat sie die Sache nämlich schon auf ihre Art geregelt gehabt! Und wenn Eric dafür morgen auch Rache will, dann muss er schon mit der Pumpgun in die Schule kommen. Weil, dass er das kann, was Carla kann, ne, glaub ich nicht. Karate, Kung Fu oder sonst was in der Art, am Ende ist Eric jedenfalls am Boden gelegen und hat gewinselt wie ein Rehpinscher. Dabei hat Carla noch nicht mal richtig zugeschlagen. Nur so zack-zack-zack, links-rechts-links, Fuß-Hand-Fuß, alles nur angedeutet, aber trotzdem genug, dass Eric ein bisschen, wie soll ich sagen, aus dem Gleichgewicht gekommen ist.

Irgendwann hat's dann auch Herr Leopold zum Tatort geschafft gehabt, und weil er die ganze Sache nicht mehr so richtig überblickt hat, hat er gleich beide verhaftet. Beide rein zu Kling Klong, und wenn ich eins hoffe, dann dass Carla einigermaßen unbeschadet aus der Sache rauskommt. Wobei, zweimal zum Direktor, an zwei Tagen hintereinander, das kommt schon nicht so irrsinnig gut. Auch wenn das gestern ja quasi ein sexueller Übergriff gewesen ist und heute so was wie Notwehr. Ist es doch, oder? Na ja, nein, ist es nicht. Ist es nur, wenn man die Sache durch die rosarote Carla-Brille betrachtet, und dass Kling Klong die aufhat, möcht ich bezweifeln. Den Rest des Tages habe ich Carla jedenfalls nicht mehr gesehen und Eric auch nicht, sodass es ein bisschen danach aussieht, als ob beide was abgekriegt haben, und dann sind sie am Ende vielleicht tatsächlich quitt. Und wenn nicht, dann eben nicht!

* * *

Jetzt ist es Abend. Ich übe ein bisschen Gitarre, aber das wahrscheinlich nur, weil Tommy Gottschalk da ist. Ob man's glaubt oder nicht, er hat vorhin tatsächlich mit seiner Spielesammlung vor der Tür gestanden, und jetzt sitzt er mit Vicky am Tisch und spielt Mikado. War vorhin kurz mal draußen, um mir was zu trinken zu holen, und da hab ich im Vorbeigehen gesehen, dass Vicky drei Stäbchen hatte und Tommy einen ganzen Berg davon. Ein echter Mikado-Meister, der Tommy, aber dass Vicky ein bisschen unglücklich ausgesehen hat, hat wahrscheinlich gar nicht mal daran gelegen.

Ach ja, übrigens, mein Daumen ist wieder o. k. Gitarre spielen geht jedenfalls wieder, und weil nächste Woche Klassenfahrt ist, wird es höchste Zeit, dass ich übe. Selbst wenn Carla ein paar Tage Schulverbot für ihren Karate-Auftritt bekommt, bis zum Ausflug ist sie bestimmt wieder zurück. Und da wäre ich schon ganz gerne in Höchstform.

»Wirklich gut«, sagt Carla dann.

Und ich: »War für dich!«

Dann ist es Zeit für das erste Lächeln. Für *ihr* erstes Lächeln. Und was als Nächstes kommt, werden wir schon sehen.

»Hast du Zeit?«

Carla macht wirklich Karate. Also richtig, Verein und so, hab's selbst gesehen. Bin ihr hinterher, nach der Schule. Eine Weile das Haus und den Garten observiert, und als sie gegangen ist, keinen Moment gezögert. Hinterher eben, in dieses Sportzentrum. Den ganzen Weg zu Fuß, und zweimal hätte sie mich fast erwischt dabei. Einmal nicht aufgepasst, an einer Fußgängerampel. Fast hinten drauf auf Carla. Auffahrunfall, sozusagen, aber im letzten Moment noch den Bremsfallschirm gezogen. Das zweite Mal oben auf dem Baum. Das heißt: eher unter dem Baum. Oder: fast unter dem Baum. Auf den bin ich nämlich raufgeklettert, um besser in die Sporthalle reinschauen zu können. Hab dann von dort auch das ganze Training gesehen und echt: Carla hat es ziemlich drauf. Karate eben, und wenn Eric hätte sehen können, was sie mit ihren Armen und Beinen noch alles anstellen kann und wie sie ihren Körper in der Luft herumwirbelt, also ich würde mal sagen, da ist er auf dem Schulhof aber noch ziemlich gut davongekommen.

Komisch übrigens, wie gut Carla beim Herumwirbeln drauf gewesen ist. Ich meine, sie hat andauernd gelacht und irgendwelche Faxen gemacht, und einmal hat sie sogar vor lauter Übermut auf der Matte ein Rad geschlagen. Wie geht das zusammen? In der Schule läuft sie rum wie eine Nonne, die ein Schweigegelübde abgelegt hat, und hier in der Sporthalle ist sie fröhlich wie Lukas Podolski. Und wer weiß, wie fröhlich sie erst gewesen wäre, wenn ich vor versammelter Karate-Mannschaft vom Baum und vor das Fenster der Sporthalle geflogen wäre. Am besten noch mit Vogelschiss auf dem Kopf, Amsel, ein Ast über mir. Die hat sich nämlich da breitgemacht, und weil ich genau davor Schiss gehabt hab, also vor Schiss auf dem Kopf, bin ich auf meinem Ast so lange zur Seite gerutscht, bis ich um ein Haar ganz runtergefallen wäre. O. k., gerade noch festgehalten, und als ich mich von meinem Schreck erholt gehabt und zurück in die Sporthalle geschaut hab: alle weg, Matten leer. Blick nach oben, Amsel auch weg, und da bin ich wieder nach unten geklettert. Nach unten und ab nach Hause, und auch wenn ich jetzt ein bisschen mehr von Carla weiß, ein Rätsel ist sie mir weiterhin. Nein, mehr noch. Weil vorher ist sie einfach ein schweigsames, hochbegabtes Mädchen gewesen, dem man besser keine Krümel von der Schulter wischt. Und jetzt ist sie ein schweigsames, hochbegabtes Mädchen, dem man besser keine Krümel von der Schulter wischt, das Karate macht und dabei ziemlich fröhlich ist.

Ach ja, eines noch: Der Typ im Rollstuhl ist ihr Bruder. Jedenfalls wohnt er mit ihr und ihren Eltern im selben Haus. Nichts Aufregendes, kleines Reihenhaus, bisschen Garten davor und ziemlich viel Garten dahinter, und in dem Garten: der Rollstuhljunge! Hab mir die Adresse aus dem Internet geholt. Carla heißt mit Nachnamen Schloon, und Schloon ist zum Glück nicht Müller oder Schmidt. Gut, drei gibt's schon, aber schon die zweite Adresse ist die richtige gewesen. Eben, weil da ist der Rollstuhl im Garten gestanden, und eine Frau mit ziemlich komischer Frisur und noch komischeren Klamotten hat versucht, ihm löffelweise so einer Art Babybrei einzuflößen, von dem mindestens die Hälfte auf seinem Lätzchen gelandet ist. Hat der Frau aber nichts ausgemacht. Auch wenn der Junge fast alles wieder ausgespuckt hat, hat sie es einfach immer wieder neu versucht und dabei die ganze Zeit leise auf ihn eingeredet. Leise oder vielleicht auch nicht leise, von meinem Versteck aus habe ich es jedenfalls nicht verstanden. Meinem Versteck, dass eigentlich gar keines gewesen ist. Hinter Carlas Haus ist ein Spielplatz, und da hab ich einfach auf einer Bank gesessen. Nix Sonnenbrille und nix tief ins Gesicht gezogene Kappe, einfach nur dagesessen. Trotzdem: super Versteck, weil nämlich ungefähr alle Kinder der Stadt auf dem Spielplatz gewesen sind. Plus Eltern, totales Chaos, und wenn es da jeden Tag so abgeht, also dann würde ich ehrlich gesagt lieber direkt neben der Autobahn wohnen.

Carla ist übrigens auch im Garten gewesen. Allerdings ein Stück weg von ihrer Mutter und ihrem Bruder, mit Buch auf dem Rasen und so, als ob sie die Fütteraktion kein bisschen interessiert. Aber dann ist ihre Mutter mit dem Breischälchen ins Haus gegangen, und Carla ist sofort aufgestanden und zu ihrem Bruder hin, der gerade den Rest vom Brei auch noch ausgekotzt hat. Über sein Lätzchen und über seine Hose, aber so wie ihre Mutter vorher ist auch Carla ganz ruhig geblieben, und noch bevor sie angefangen hat, den Brei wegzuwischen, hat sie ihrem Bruder erst mal ganz sanft über die Haare gestrichen. So sanft, dass ich kurz geglaubt hab, dass das da vielleicht gar nicht ihr Bruder ist. Kleiner Schreck, aber dann hab ich kurz nachgedacht, und noch bevor ich mit dem Nachdenken fertig gewesen bin, ist Carlas Mutter wieder in den Garten gekommen. Nein, nicht in den Garten, nur zur Terrassentür, und von dort hat sie Carla was zugerufen. Hab's nicht genau gehört, weil immer noch Chaos auf dem Spielplatz und ich mittendrin. Aber jede Wette dass das was mit »Bruder« und »sauber machen« war, und geklungen hat es, als ob Carlas Mutter jetzt doch ein bisschen genervt gewesen ist.

Kurz darauf dann Aufbruch Carla, Verfolgung, Karate, Baum, Amsel. Warum ich sie verfolgt habe? Keine Ahnung! Oder doch, ein bisschen vielleicht schon. Ich meine, es gibt Mädchen wie Lara, die mir an den Füßen kleben, die einfach sofort dabei sind, wenn's ans Küssen geht oder vielleicht sogar mehr. Und es gibt Mädchen wie Carla, die … Moment, nein, Einzelfall. Carla ist ganz klar Einzelfall. Weil, dass sich ein Mädchen aus allem raushält, was die anderen machen, also so hundert Prozent komplett, und das noch nicht mal mit einem reden will, ne, hatte ich noch nie. Ich meine, gab es noch nie, nicht in meiner Klasse und nicht sonst wo, Einzelfall eben. Und dann auch noch Karate, Karate und Eric, Eric wimmernd am Boden, auf dem Schulhof, klar will man von so einem Mädchen mehr wissen. Will ich mehr wissen. Weiß ich jetzt. Ein bisschen jedenfalls, und ein bisschen ist immer der Anfang für mehr!

* * *

Eric sagt, dass Carla eine Lesbe ist.

»Scheiß frigide Lesbe«, sagt er, aber das sagt er nur, weil er eine Abfuhr von ihr bekommen hat. Und weil es für einen wie Eric dafür natürlich nur eine Erklärung geben kann.

»Glaub ich nicht«, hab ich geantwortet, »bist halt nicht ihr Typ.«

»Ach ja, und deshalb muss sie mich gleich mal auf dem Schulhof zur Sau machen.«

»Du hast ja angefangen«, hab ich erwidert, »oder hast du die Milch schon vergessen?«

»Scheiße, was bist du für ein Kumpel«, hat Eric mich angeranzt, »ich meine, sie hat ja wohl zuerst.«

»Weil du sie angefasst hast!«

Eric hat kurz gelacht. Also nicht so richtig, eher so hämisch oder verächtlich, so, als ob ich mich gerade auf alle Zeit als ernstzunehmender Mensch verabschiedet hätte.

»Ich sag ja, Lesbe. Kampflesbe!« Und als ich nicht sofort geantwortet hab, hat er gleich noch drangehängt: »Und du machst mit ihr auch noch gemeinsame Sache. Bist jetzt der Obermädchenversteher oder was?«

Super, Eric, jetzt wird aber ordentlich ausgeteilt! Kampflesbe, Obermädchenversteher, vielleicht hast du noch was obendrauf.

»Na komm, mehr davon«, hab ich gesagt, »oder ist das etwa schon alles gewesen?«

Erics Gesicht: knallrot! Dazu haben seine Nasenflügel vibriert, wie die Schnauze von einem Stier kurz vor dem Angriff. Red vibrations, aber Angriff: Fehlanzeige. Ich meine, ich bin echt nicht gerade Wladimir Klitschko, und Karate oder so was kann ich auch nicht, aber wahrscheinlich hat Eric gerade nicht so genau auf dem Schirm gehabt, was ich kann und was ich nicht kann, und um nicht noch mal unsanft auf dem Boden zu landen, hat er lieber nen Rückzieher gemacht. Mehr Kälbchen als Stier, aber als das Kälbchen schließlich kopfschüttelnd davongetrottet ist, hab ich mich trotzdem irgendwie nicht als Sieger gefühlt.

Mit Eric ist jetzt natürlich Ende! Gut, ist jetzt nicht wirklich *best friend* oder so gewesen, und beim Pool hab ich neun von zehn Matches gegen ihn verloren, was mir zukünftig ne Menge Geld spart. Trotzdem ist es immer besser, mit der Konkurrenz verbündet als mit ihr verfeindet zu sein. Und ich fürchte mal, genau so sieht mich Eric jetzt. Als Staatsfeind Nr. 1. Kampflesbenobersteher eben, und mit so was, ne, no way!

* * *

Donnerstag Klassenfahrt. Europa-Park Rust, keine schlechte Sache eigentlich. Nein, gute Sache, sehr gute Sache sogar, weil Europa-Park unter allen möglichen Klassenfahrtzielen so was wie der Mercedes ist. Gut, mit Kai-Uwe Seeger als Aufpasser ist es vielleicht nur ein Opel, aber am Ende ist es noch nicht einmal das gewesen. Eher ein Dacia, ein Dacia mit Motorproblemen, und um genau zu sein, sind wir mit den Motorproblemen gerade mal zwanzig Kilometer weit gekommen. Keine Ahnung, wo Kai-Uwe Nazi den Bus hergehabt hat. Wahrscheinlich irgend so ein Last-minute-Schnäppchen zum halben Preis, und dass der halbe Preis am Ende bedeutet hat, dass wir dem Europa-Park mal kurz aus achtzig Kilometer Entfernung zuwinken durften und sonst nichts, geschenkt! Geschenkt für Kai-Uwe.

»Schule bedeutet auch«, hat er gesagt, »dass man immer wieder mit neuen Herausforderungen umgehen muss.«

Sehr witzig, Kai-Uwe. Wirklich, Mega-Brüller! Wenn Schule etwas bedeutet, dann das, dass man immer wieder von Idioten wie dir umgeben ist. Immerhin hat Seeger versucht, einen Ersatzbus zu organisieren, und der ist irgendwann sogar gekommen. Aber eben: irgendwann! Und wenn »irgendwann« vier Stunden später heißt, geht es nach diesen vier Stunden eben nicht mehr in den Europa-Park sondern ab nach Hause.

»Marsch, Marsch«, hat Seeger gebrüllt, als der Ersatz-Dacia um die Ecke gebogen ist, und weil keiner auch nur eine Sekunde länger auf dem Abenteuerspielplatz hat bleiben wollen, sind wir tatsächlich artig eingestiegen. Abenteuerspielplatz, genau bis dahin haben wir es nämlich mit unserem qualmenden Bus noch geschafft gehabt.

»Ist im Grunde wie der Europa-Park in klein«, hat Seeger gesagt und dazu so ziegenmeckermäßig gelacht, aber außer Krok hat das keiner besonders lustig gefunden.

Ich auch nicht, trotzdem hab ich meine Chance gewittert. Carla. Gitarre. Ich meine, im Europa-Park will dir echt keiner beim Gitarrespielen zuhören. Da bekommt man vielleicht seine fünf Minuten und noch mal zehn im Bus, aber damit ein Mädchen beeindrucken, ne, reicht nicht. Schon gar nicht, wenn das Mädchen Carla heißt und an dem Tag extraschlechte Laune hat. Aber bei drei

Stunden Abenteuerspielplatz sieht die Sache schon anders aus. Ein bisschen jedenfalls.

Das »Komm-schon-Finn-hol-deine-Gitarre-raus« ist diesmal von Svenja gekommen. Ausgerechnet Svenja, aber egal! Hab mich noch zweimal bitten lassen und die Gitarre dann aus dem Bus geholt, gestimmt und losgelegt. Zwei Lieder, Carla unbeeindruckt. Noch mal drei, immer noch unbeeindruckt. Aber dann, völlig aus dem unbeeindruckten Nichts heraus, hat sie gefragt: »Kannst du auch *Bad Chick* von Cro?«

»Ja, klar«, hab ich geantwortet, was nicht so ganz gestimmt hat, weil *Bad Chick* mit F ist. Aber ich meine, wer will schon ein Mädchen enttäuschen, nur weil ein Akkord in der Sammlung fehlt. Noch dazu wenn man das fehlende F mit einem D-moll wegschummeln kann, und das kann ich wenigstens ein bisschen. Gut, D-moll statt F klingt jetzt nicht wirklich super, ist manchmal aber o. k., und bei Cro macht man damit eigentlich gar nicht viel kaputt.

Bad Chick von Cro also, und als zum ersten Mal D-moll gekommen ist, hab ich kurz hochgeschaut, um zu sehen, ob Carla was merkt. Hat sie aber nicht und dafür so halbselig vor sich hin gelächelt, gerade so, als ob das Lied irgendeine Erinnerung für sie ist. Schön und traurig zugleich, und als ich mit dem Song durch gewesen bin, hat sie »Danke!« gesagt. Ja, Carla hat sich bei mir bedankt, und echt, das ist mir noch nie passiert. Ich meine, irgendwas wie *toll* oder *super* schon, auch wenn's nicht stimmt. Aber *danke?* Gut, von einem Durchbruch würde ich jetzt noch nicht sprechen, und auf der Rückfahrt hat sie sich mir auch nicht gerade an den Hals geschmissen. Aber wie auch, da ist ja Lara drangehangen. Oder hat versucht, sich dranzuhängen. So von wegen, dass wir doch neulich und dass sie das sehr schön gefunden hat, also dass ich nach dem Vokabellernen noch ein bisschen geblieben bin, und wenn ich Pech hab, hat Carla das alles live mitbekommen. Ihr Gesicht hat zwar »total abwesend« angezeigt, aber eben, vielleicht ist das nur ihr Gesicht gewesen, und der Rest: voller Empfang! Voller Empfang zwei Reihen hinter uns, und dazwischen nur noch Tim und Gerrit, und die sind mit ihren iPods in den Sitzen gehangen und haben sich mit Tim-und-Gerrit-Musik zugedröhnt und außer ein paar peinlichen Mitsing-Wortfetzen von Gerrit ist da komplette Stille gewesen.

* * *

Zurück an der Schule hat uns Seeger noch mal ins Schulhaus schleppen wollen. So von wegen Aufsichtspflicht und Schulgesetzen. Aber ehrlich, ich glaube nicht, dass das stimmt. Ich meine, wir sind sechzehn, und mit sechzehn findet man um drei Uhr nachmittags schon irgendwie nach Hause, und warum das zwei Stunden später besser sein soll, keine Ahnung. Haben auch ein paar von den anderen gefunden, und im allgemeinen Chaos um den Bus herum haben wir uns einfach aus dem Staub gemacht. Auch Carla. Auch Lara, aber die hab ich gleich mal abgeschüttelt. Gitarrentasche auf den Rücken und mit dem Fahrrad davon, volles Tempo, versteht sich. Nach paar hundert Metern angehalten, Fahrrad in einer Nebenstraße angeschlossen, auf Carla gewartet. Carla gekommen. Und klar, ich hinterher. Nein, nicht klar, überhaupt nicht klar. Ich meine, kann man sich ja denken. Also, dass sie nach dem Ausflug erst mal nach Hause geht. Und selbst wenn ich mich nicht blöd dabei angestellt hätte, selbst wenn sie mich nicht erwischt hätte, was wäre dabei schon rumgekommen, außer ein bisschen auf dem Spielplatz rumsitzen und in den Garten glotzen? Nichts! Und weil eben doch blöd und doch erwischt gleich zweimal nichts. Außer einem Anpfiff von Carla, und der hat sich echt gewaschen gehabt.

»Was soll die Scheiße«, hat sie mich angeblafft, als sie sich nach ein paar Metern umgedreht hat und ich nicht mehr rechtzeitig hinter einem geparkten Auto in Deckung gekommen bin. »Denkst du eigentlich, ich merke das nicht, dass du mich ständig verfolgst?«

»Nein, nein«, hab ich gestammelt, »ich war, ich meine, nur heute. Hab dich zufällig gesehen und da bin ich ...«

»Sehr witzig!«, ist mir Carla ins Wort gefallen. »Und auf dem Spielplatz hinter unserem Haus sitzt du auch immer ganz zufällig rum. Und der Baum vor der Sporthalle ist wahrscheinlich dein Lieblingskletterbaum, auf dem du schon als kleiner Junge immer rumgeturnt bist. Richtig?«

Volltreffer! Schockstarre! Komplettlähmung! Herzstillstand!

»Du denkst wahrscheinlich«, hat Carla gleich noch einen draufgesetzt, »du bist so ein wahnsinnig cleverer Typ. Bist du aber nicht. Weil wenn du ein wahnsinnig cleverer Typ wärst, dann würdest du mich einfach fragen und mir nicht wie so ein alberner Vorstadtdetektiv hinterherrennen!«

Carla ist ein paar Schritte auf mich zugekommen, und ich hab schon gedacht, dass sie jetzt gleich ihre Arme und Beine auspackt und damit Karate-Kid-mäßig den Rest erledigt. Hat sie aber nicht, und so ein bisschen ist wieder Leben in meine Schockstarre gekommen, und ein-, zweimal hat sogar mein Herz geschlagen. Genug Leben, dass ich mitbekommen hab, dass Lara mit dem Fahrrad an uns vorbeigerauscht ist. Blick geradeaus, aber jede Wette, dass sie uns gesehen hat. Vielleicht sogar gehört, also Carla, weil ich: immer noch stumm wie Tim und Gerrit im Bus.

»Und«, hat Carla gefragt, »hast du irgendwas zu deiner Verteidigung vorzubringen?«

Und dann hat sie gelacht. Ja, Carla hat gelacht, und wenn nicht, dann hat sie wenigstens gelächelt, ein bisschen wenigstens.

»Und wie«, hab ich erwidert und bin selbst überrascht gewesen, dass mein Sprachzentrum noch funktioniert hat, »ich meine, warum, also was hätte ich dich denn fragen sollen?«

»Na, ob ich dir was von mir erzähle. Ist doch normal, dass man was wissen will, wenn jemand neu in die Klasse kommt.«

Ich hab versucht zurückzulächeln, dabei ist ihres lang schon wieder aus ihrem Gesicht verschwunden gewesen.

»Hast du Zeit?«, hab ich Carla gefragt. »Dann hole ich mein Fahrrad, und wir können ein Stück zusammen gehen.«

Kurz Stille. Vielleicht auch ein bisschen länger als kurz. Dann Nicken.

»Klar hab ich Zeit. Außer mich um meinen Bruder zu kümmern und dienstags Karate mache ich ja nichts. Aber das weißt du ja.«

Und dann haben wir zusammen mein Fahrrad geholt und sind zu Carla nach Hause. Und ehrlich, so aufgeregt bin ich schon lange nicht mehr gewesen!

»Weil es vielleicht wichtig ist«

Nachmittag bei Carla. Schräge Sache. Schräger Bruder, schräge Eltern, und auch sonst: schräg! Auch wenn das Haus, wie soll ich sagen, eher das Gegenteil ist. Gerade, sehr gerade. Alles super aufgeräumt und super sauber, und als Carla mal drei Krümel auf den Boden gefallen sind, hat ihre Mutter gleich den Staubsauger geholt und sie weggesaugt. Jede Wette, dass man von dem Boden essen könnte, ohne krank zu werden. Dass der sauberer ist als die Teller bei uns. Und dass in diesem Haus nie ein einziges schmutziges Wort gesprochen wird. Garantiert!

Carlas Eltern sehen übrigens genauso aus. Also wie ihr Haus. Auch sehr sauber, auch sehr aufgeräumt. Sie reden sehr leise und alles, was sie sagen, klingt sehr überlegt. Na ja, das meiste jedenfalls. Was nämlich überhaupt nicht zu allem anderen gepasst hat, war, dass sie mich so komplett übertrieben begrüßt haben. So mit »ach, wie schön« und »endlich bringt Carla mal jemand mit«, und irgendwie sind sie mir dabei vorgekommen wie auf Droge. Waren sie aber natürlich nicht, und Carla sagt, dass bei ihnen zu Hause noch nicht einmal Alkohol getrunken wird. Muss ja auch nicht, und obwohl alles so sonderbar gewesen ist, sind mir ihre Eltern gar nicht mal unsympathisch gewesen.

Ach ja, der Einzige, der Dreck machen darf, ist Micha, Carlas Bruder. Aber der steht mit seinem Rollstuhl auf so einer Plastikunterlage, die wahrscheinlich sogar Salzsäure abkann. Carla sagt, dass er als Kind einen Badeunfall gehabt hat, und seitdem eben so ist, wie er ist, und an die Zeit davor kann sie sich selbst schon gar nicht mehr erinnern.

»Für mich«, hat sie gesagt, »ist er ganz normal so. Käme mir irgendwie komisch vor, wenn er auf einmal anders wäre.«

Da sind wir schon auf ihrem Zimmer gewesen. Und weil wir ja direkt vom Ausflug gekommen sind, hab ich natürlich immer noch meine Gitarre dabeigehabt.

»Bad chick?«, hab ich gefragt, und eigentlich gedacht, Carla damit eine Freude zu machen. Hab ich aber nicht. Gar nicht! Stattdessen: Gesicht auf Halbmast. Oder Viertelmast. Oder Gar-kein-Mast. Stimmung jedenfalls sofort im Eimer, und als ich schon wieder hab aufstehen wollen, hat Carla auf einmal den Kopf gehoben und mich angeschaut.

»Entschuldige«, hat sie gesagt, »hat nichts mit dir zu tun.«

»Und mit wem hat es zu tun?«, hab ich nachgehakt.

Sie: Kopf wieder runter. »Dafür kenne ich dich zu wenig.«

»Und das Lied?«

O.k., vielleicht auch keine gute Frage, weil zu intim, zu »ich-kenn-dich-zu-wenig«. Und überhaupt: Was geht es mich an? Trotzdem auf einmal Kopf wieder hoch.

»Ist unseres«, hat Carla mit leiser Stimme gesagt. »Ich mag es nicht besonders, aber was will man machen. Und jetzt frag nicht weiter, ich sag's dir sowieso nicht.«

Klare Ansage. Und weil ich nicht gewusst hab, was

ich antworten soll, hab ich doch noch die Gitarre ausgepackt und ein bisschen was gespielt. Also alles, was ich kann, und was nicht im Entferntesten an Cro erinnert, und als ich fertig gewesen bin, hat Carla gesagt: »Eigentlich kannst du gar nicht spielen, oder?«

Ich hab kurz gelacht, weil lachen irgendwie immer geht, wenn's eng wird, auch wenn ich eigentlich gar nicht hab lachen wollen. So von wegen Beleidigung und so. Dumm nur, dass Carla ja irgendwie recht hat. Weil wenn man nicht mehr als fünf oder sechs Akkorde draufhat wie ich, dann ist das eben noch nicht wirklich Gitarre spielen. Dann ist das mehr Federball als Badminton. Mehr Halma als Schach. Mehr Chemie als Englisch.

»Zum Mädchenbeeindrucken reicht's«, hab ich erwidert und versucht, dabei wenigstens ein bisschen beleidigt zu klingen.

O.k., nicht geklappt, aber wenigstens hab ich so beleidigt geguckt, dass jetzt auch Carla gelacht hat.

»Mich nicht«, hat sie gesagt, und im nächsten Moment hat ihre Mutter den Kopf durch die Tür gesteckt.

»Kakao, Kuchen, alles klar bei euch?«

Carlas Gesicht gleich wieder auf Halbmast. Aber anders als vorher. Mehr so genervt Halbmast.

»Ja, Mama! Und nein, kein Kuchen, und küssen tun wir uns auch noch nicht.«

»Kakao?«, hat Carlas Mutter noch mal nachgehakt, aber ich glaube, mit einer Antwort hat sie gar nicht mehr gerechnet.

Dann: Tür zu, Carla aufgestanden, Schlüssel rum, wieder hingesetzt.

»Ich hasse das! Hoffentlich ist deine Mutter nicht auch so.«

»Meine Mutter ist tot!«

Carla hat mich angesehen. So entsetzt irgendwie, ein bisschen aber auch, als würde sie mir's nicht glauben.

»Wie tot?«

»Na tot halt. Also jedenfalls wenn sie, wenn sie überhaupt, ach egal, tot eben. Und bevor du fragst: mein Vater auch. Ist aber schon lange her.«

»Unfall?«

»Krebs. Erst mein Vater und ein halbes Jahr später meine Mutter. Seitdem lebe ich bei meiner Tante. Hat sie, ich meine, wollte deine Mutter wirklich nachsehen, ob wir uns küssen?«

Carla hat genickt. So ganz kurz. Nein, so ganz bisschen, also so, dass man es kaum sieht, und so, als ob ihre Gedanken immer noch bei meinen toten Eltern gewesen sind.

»Ja, wollte sie«, hat sie schließlich gesagt, »dabei weiß sie es ganz genau.« Und dann ist erst mal Stille gewesen. Sehr stille Stille.

Ich hab zur Tür gesehen und den Schlüssel angestarrt, weil irgendwas muss man ja tun, wenn auf einmal keiner mehr redet. Und da ist ein umgedrehter Schlüssel in einem Mädchenzimmer noch nicht einmal das Schlechteste. Weil ein umgedrehter Schlüssel in einem Mädchenzimmer eigentlich so gut wie immer bedeutet, dass es gleich losgeht. Also mit dem Mädchen, weil nur zum Spaß dreht man den Schlüssel in der Tür ja nicht um. Zumindest, wenn man nicht Carla heißt. Heißt sie aber, ist sie aber, und eigentlich hab ich's bis zum Schluss nicht richtig kapiert. Also unser Schweigen. Ob's nun wegen ihrer Mutter und dem Küssen gewesen ist oder wegen meinen toten Eltern. Oder doch mal wieder wegen was ganz anderem.

Hab noch eine ganze Weile auf den Schlüssel gestarrt, dann die Wände und Carlas Schreibtisch abgescannt und zwischendurch immer mal einen kurzen Blick in ihr Gesicht riskiert. Komplett abwesend! Schätze, sie hat keinen meiner Blicke auch nur ansatzweise mitbekommen. Dann noch mal nach meiner Gitarre gegriffen. Bisschen mein Repertoire runtergespielt, und dann mitten aus *Hey Brother* von *Avicii* in *Bad Chick* rübergegrätscht. O.k., ist ja sozusagen verboten gewesen. Aber gerade deshalb. Ich meine, alles ist besser, als schweigend nebeneinanderzusitzen. Ja, lieber Anschiss als gar nichts, und der ist dann ja auch gekommen. Und zwar sofort. Nach zweieinhalb Takten, scheint Cro wirklich gut zu kennen.

»Lass das!«, hat Carla mich angepampt. »Wenn ich das Lied hören will, melde ich mich schon.«

»Jetzt sag halt, was los ist«, hab ich erwidert. »Kannst ja jetzt auch nicht ewig mit mir hier rumsitzen und einen auf großes Geheimnis machen.«

Carla hat kurz aufgelacht. So leicht hysterisch, oder nein, eher so ein »Was-weißt-du-schon«-Lachen, und genau das hat sie dann auch gesagt: »Was weißt du schon!« Und dann: »Und außerdem sitze ich hier mit dir ziemlich genau eine Dreiviertelstunde rum, ewig finde ich das nicht gerade.«

O.k., ist es nicht, hat sie recht. Trotzdem hab ich nicht aufgegeben.

»Ich mach dir einen Vorschlag«, hab ich gesagt. »Ich erzähl dir mein Geheimnis und du mir deins.«

Carla hat sich zu mir hergedreht und mich angesehen.

»Du hast auch ein Geheimnis?«

»Ja«, hab ich sofort geantwortet, »und bis jetzt weiß es absolut niemand.«

Carla hat sich wieder weggedreht, und man hat richtig sehen können, wie's in ihrem Kopf rattert. Aber dann, nach ungefähr zehn Sekunden, hat er auf einmal aufgehört zu rattern. Wieder hergedreht.

»Interessiert mich nicht.«

»Wie, interessiert dich nicht?«

»Dein Geheimnis. Ich weiß ja auch sonst fast nichts von dir. Warum sollte mich da auf einmal dein Geheimnis interessieren?«

»Weil, weil«, hab ich rumgestottert, und ich weiß nicht so recht warum, aber auf einmal sind mir die Augen voll Tränen gelaufen. Peinlich. Extrem peinlich. Ich meine, ich heul sonst nie, und wenn doch, dann nur, wenn keiner zusieht. Jetzt nicht so von wegen Jungs dürfen nicht weinen. Ist eher so, dass ich mir einfach nicht so gern in die Karten schauen lasse. Also Gefühle und so. Na ja, und ein bisschen ist es vielleicht doch auch die Jungs-Sache.

»Weil?«, hat Carla nachgefragt und dazu ihre Hand auf meine gelegt. So trostmäßig halt, und im nächsten Moment hat sie sie auch schon wieder weggezogen.

»Weil es vielleicht wichtig ist«, hab ich irgendwann gesagt, und nachdem ich mir so kurz und unauffällig wie möglich die Tränen aus den Augen gewischt gehabt hab, hab ich gesehen, wie es in Carlas Kopf schon wieder rattert. Und dieses Mal ist das Rattern sogar noch länger gegangen, und als es vorbei gewesen ist, hat sie »Gut!« gesagt.

»Echt jetzt?«, hab ich erwidert und Carla: »Aber du zuerst!«

»Klar«, hab ich gesagt, »klar ich zuerst«, aber schon im nächsten Moment: flaues Gefühl im Bauch! Ich meine, zu sagen, dass man ein Geheimnis hat, ist einfach was anderes, als das Geheimnis dann auch zu erzählen. Vor allem, wenn man es noch nie jemandem erzählt hat. Noch nicht einmal der, der man sonst alles erzählt.

»Ich weiß nicht«, hab ich gesagt, und da ist Carla ein bisschen ausgetickt. So von wegen, erst groß einen Deal vorschlagen und dann den Schwanz einziehen. Ja, echt, hat sie gesagt, also das mit dem Schwanz. Und dass sie es absolut nicht leiden kann, wenn einer groß Sprüche klopft, und dann nur heiße Luft kommt. Ach ja, und dass ich gerne gehen kann auch.

Breitseite! Zum Glück ohne Zuschauer, aber auch so: peinlich/Teil 2. Insgesamt ziemlich schlechte Performance, würde ich mal sagen.

»O. k.«, hab ich mich beeilt zu sagen, »ich erzähl's ja schon«, und genau das hab ich dann auch gemacht. Also davon, was ich bei Vicky in der Schublade gefunden hab. Brief vom Jugendamt. Fetter Stempel drauf. *Sehr geehrte Frau Klaes* … blabla … *vielen Dank für Ihr Schreiben vom* … blabla … Amtsgelaber halt. Und dann dieser eine Satz: *Als Zweitadoptierende haben Sie das Recht* … Rest vergessen. Aber was braucht man einen Rest, wenn vorher schon alles klar ist?

»Ist es doch, oder?«, hab ich Carla gefragt, und dabei gemerkt, wie sich mein Puls gerade in Richtung Lichtgeschwindigkeit verabschiedet.

Carla ganz cool. Also ruhig. Hat kurz mit den Schultern gezuckt und dann »Keine Ahnung« gesagt, und: »Kann vielleicht auch was ganz anderes bedeuten. Und wenn nicht, ist's auch egal.«

»Wie, egal?«

»Na ja, wenn ich's richtig kapiere, dann hast du Angst, dass deine toten Eltern nicht deine richtigen sind, sondern dich auch nur adoptiert haben.«

Ich: genickt. »Ja, hab ich.«

Carla: Kopf geschüttelt. »Und was wäre so schlimm daran? Zählt eh nur das, was jetzt ist. Für das, was mal war, kannst du dir nichts kaufen.«

Ich: Kopf geschüttelt. »Aber jeder will doch wissen, wo er herkommt.«

Carla: genickt. »Schon, nur: Was ändert's? Für dich sind deine Eltern deine Eltern. Du bist traurig, dass sie gestorben sind. Und du wärst genauso traurig, dass sie gestorben sind, wenn du wüsstest, dass sie dich als Baby adoptiert haben. Macht absolut keinen Unterschied.«

Kurz nachgedacht. »Klingt gut«, gesagt, und: »Fühlt sich aber anders an, ganz anders.«

»Und wieso fragst du nicht einfach deine Tante? Dann weißt du wenigstens, was Sache ist.«

Genickt. Klar kann ich Vicky fragen. Aber was, wenn es genau so ist? Wenn sie wirklich meine *Zweitadoptierende* ist? Und meine Eltern die *Erstadoptierenden*? Ich meine, wer sind dann meine richtigen Eltern? Aber viel schlimmer: Warum hat sechzehn Jahre lange niemand mit mir drüber gesprochen?

»Geht nicht« gesagt, »noch nicht.« Noch mal genickt. »Jetzt du!«

Ja, und dann hat Carla losgelegt. Dass sie ein Mädchen liebt, ein Jahr älter als sie, in Berlin, und dass sie keine Ahnung hat, wann sie sie wiedersehen wird. Carla hat mir ihr Smartphone hingehalten. Foto. Kurze Haare, Sommersprossen, bisschen moppelig. Trotzdem süß.

»Ist sie das?«

»Nein, meine Oma. Klar ist sie das!«

O. k., schon gut, blöde Frage. Viel blöder aber: Das mit Carla wird nichts. Von einer Sekunde auf die nächste aus dem Rennen. Doppelt sogar, weil: 1. schon verliebt und 2. in ein Mädchen, da ist kein Durchkommen, null Komma null.

»Und findest du, ich meine, ist es schlimm, lesbisch zu sein?«

Nächste blöde Frage. Zumindest, wenn es nach Carla geht.

»Was ist denn das für eine komplett bescheuerte Frage?«, hat sie gesagt und dabei so wütend geklungen, als würde sie mir schon im nächsten Moment mit ein paar gezielten Karate-Schlägen den Kopf abhacken wollen. »Was, bitte schön, soll schlimm daran sein, wenn man lesbisch ist? Aber kannst ja mit meinen Eltern einen Club aufmachen. *Die* finden es nämlich schlimm. Nein, verrückt, sie finden es verrückt. So verrückt, dass wir aus Berlin weggezogen sind, weil sie nämlich denken, ich werde wieder normal, wenn ich Ina nicht mehr sehe.«

Dann kurze Pause. Carlas Gesicht wieder ein bisschen entspannter, fast schon ein Lächeln.

»Aber ich werde sie wiedersehen. Weiß nur noch nicht wann und wie.«

»Und du hast noch nie mit Jungs?«

Gesagt und *Scheiße* gedacht! Scheiße, bestimmt das nächste Fettnäpfchen, aber Carla ist auf einmal ganz entspannt gewesen.

»Doch, hab ich. Und mit einem hab ich sogar geschlafen. Ist aber nichts für mich.«

»Und da bist du dir ganz sicher?«

Carla hat gelacht.

»Ganz sicher! So sicher, wie dass du nicht Gitarre spielen kannst.«

»Und jetzt«, hab ich gefragt und selbst gar nicht so recht gewusst, was ich damit meine.

Carla hat noch einmal gelacht oder immer noch und hat auf einmal richtig gute Laune gehabt.

»Und jetzt«, hat sie gesagt, »raus mit dir! Ich will mit Ina skypen. Meine Eltern leben dermaßen hinterm Mond, dass sie keine Ahnung haben, dass es so was überhaupt gibt.«

O. k., und dann bin ich gegangen. Ihre Mutter hat mich unten im Flur verabschiedet wie einen alten Freund, so von wegen »bis zum nächsten Mal« und »wird ja sicher nicht allzu lang dauern«, und hat mir dazu noch so dämlich zugezwinkert, und ein bisschen bin ich mir vorgekommen, als wäre ich für sie so was wie die Rettung. Also für Carla, und dass ich sie auf den richtigen Weg zurückbringe und sie deshalb bestimmt bald schon gar nicht mehr an Ina denkt. Macht sie aber, klare Sache. Und ich bin draußen, bei Carla, auch klare Sache. Aber egal, klappt halt nicht immer. Und mit ihr befreundet sein kann ich ja trotzdem. Wenn ich das will. Wenn sie das will. Schauen wir mal.

»Fuck, fuck, fuck!«

Die Schublade ist leer. Schreibtisch. Vicky. Also jetzt nicht komplett leer, aber der Brief: weg! Hab ihn noch mal lesen wollen. So genau und jedes Wort, weil vielleicht hat Carla ja recht, und es kann doch auch was ganz anderes bedeuten. Aber jetzt: weg! Wobei weg ziemlich sicher nicht weggeschmissen heißt, dazu ist Vicky viel zu gründlich. Ein Brief mit fettem Stempel, also der landet nicht im Papierkorb, sondern in einem ihrer vierundneunzig Ordner. Aber eben, in welchem davon? Gut, vielleicht sind es auch nur fünfzig oder dreißig, aber auch dafür braucht man Tage. Dann lieber fragen, aber das geht erst in einer Woche wieder. Weil Vicky nämlich verreist ist. Mit Spiele-Tommy! Eine Woche Burgund, gerade so, als ob man Halma nicht auch im Schwarzwald spielen könnte. Aber anscheinend hat Tommy da ein Häuschen, und jetzt würfeln sie eben in Frankreich.

Vicky ist, wie soll ich sagen, nur so halb begeistert gewesen, als sie aufgebrochen sind.

»Er ist ja schon ganz lieb«, hat sie gesagt, »aber gleich eine ganze Woche! Er will mir Schach beibringen.«

»Klingt jetzt nicht gerade nach Abenteuerurlaub«, hab ich erwidert, und da hat Vicky genickt und auch ein bisschen geseufzt, aber als Tommy im nächsten Moment draußen gehupt und sie nach ihrer Tasche gegriffen hat,

hat sie irgendwie doch auch ein bisschen glücklich ausgesehen. Raus und weg, sturmfrei und Zeit genug, aber ne, die Ordner lasse ich im Schrank. Vielleicht hat Carla ja sogar doppelt recht. Also nicht nur damit, dass der Brief auch was anderes bedeuten kann, sondern auch, dass das alles letztlich gar keine Rolle spielt. Mam und Dad bleiben Mam und Dad, egal ob da noch irgendwer anderes im Spiel gewesen ist. Aber andererseits: Warum haben *die* mich nicht haben wollen? Ich meine, es gibt Babyfotos von mir, und jetzt mal ganz ehrlich: süßes Baby! So was gibt man doch nicht her! Dabei weiß ich noch nicht mal, ob ich damals schon bei Mam und Dad gewesen bin oder noch bei Herrn und Frau Erzeuger. Ist nämlich außer mir niemand drauf auf den Bildern. Gut, mal eine Hand oder ein halber Pulli, aber wie soll ich wissen, wem die gehören, und wenn man's genau nimmt, weiß ich eigentlich gar nichts. Ne, ne, so leicht, wie Carla tut, ist das alles nicht. Kein bisschen ist das so, und vielleicht wäre ich lieber schwul und hätte dafür normale Eltern, aber scheiße, die hat sie ja auch nicht.

Gut, ich bleib dabei: Das Leben ist eigentlich ganz o. k., meistens jedenfalls. Aber manchmal ist es eben auch kompliziert, scheiß kompliziert sogar. Und alles nur, weil man einen blöden Brief findet, oder weil man als Mädchen ein Mädchen liebt, oder weil man so doof wie Krok ist oder hässlich wie Svenja. Wobei sich Krok vermutlich gar nicht doof und Svenja sich nicht hässlich findet, und Carla findet es ja auch toll, dass sie Ina liebt, und am Ende bleibe nur ich übrig, dem es so richtig dreckig geht. Ich und Carlas Bruder! Ich doppelt ohne Eltern und

Micha tausendfach ohne alles. Ja, wir zwei, wir können uns die Hand geben und auf unser beschissenes Leben anstoßen. Nur: Micha kann mir überhaupt nicht die Hand geben und anstoßen gleich zweimal nicht, und wenn ich noch einmal, ein einziges Mal behaupte, dass es mir dreckig geht, dann ... dann ... ach weiß auch nicht.

* * *

In der Schule ist übrigens eine kleine Sensation passiert. Französisch Vokabeltest. Mieser Schnitt, aber ich: Zwei minus! Hab's kaum glauben können und Seeger auch nicht. Hat er genauso auch gesagt.

»Ich glaube ja nicht«, hat er gesagt, »dass das hier allein auf deinem Mist gewachsen ist.«

Dazu hat er mich streng angesehen, so, als würde er eine Beichte von mir erwarten. Was ihn, glaube ich, am meisten genervt hat, ist, dass er der festen Meinung ist, jeden Spicker immer gleich beim ersten Versuch zu ertappen und an die Wand zu nageln. Aber da hat beim Test nur Tim gehangen. Ist so blöd gewesen, die Vokabeln direkt in seine Handfläche zu schreiben. Test weg, sechs, Wand! Aber ich? Könnte ihm ja sagen: Beruhige dich, Kai-Uwe, alles ist gut, hab mit Lara gelernt, und echt, alles ohne Tricks. Hab ich aber natürlich nicht, also es ihm gesagt. Soll er sich ruhig weiter ärgern, dass ich ihm durch die Lappen gegangen bin, seine Freude über meine nächste Fünf kommt noch früh genug.

Die Freude bei Lara ist eher so mittel gewesen. Nein, eigentlich glaube ich, dass sie innerlich über meine Zwei minus schon ein bisschen gejubelt hat. Immerhin, ihre

Nachhilfe, und wenn ich weiter will, dass es bei mir in Französisch bergauf geht, bitte schön, ich weiß ja, wo sie wohnt. Aber wenn sie sich wirklich gefreut hat, dann hat sie's gut versteckt. Also im Grunde hat sie sich nach außen nicht mal *mittel* gefreut, sondern einfach gar nicht. Keine Reaktion! Was vermutlich nichts anderes als eine neue Strategie von ihr ist. Jetzt will ich was von ihr, und sie lässt mich ein bisschen zappeln. Aber will ich wirklich was von ihr?

* * *

Nach der Schule Pommes und Burger bei *XXL*. Vicky hat mir Geld dagelassen, damit ich nichts kochen muss, wenn sie weg ist. Gut, sie hat nicht gesagt, dass ich Burger bei *XXL* essen soll, aber sie hat auch nicht gesagt, dass ich nicht Burger bei *XXL* essen soll. Außerdem ist es im *Salatgarten* viel zu voll gewesen und bei *Bio Krause* hat es als Mittagsgericht Tofu-Geschnetzeltes mit Polentaschnitten gegeben, und das hab ich meinem Magen nun wirklich nicht zumuten wollen. Also *XXL* und im *XXL*: Eric. Hat ein bisschen müde in seinen Pommes rumgestochert, und als er mich gesehen hat, hat ihn das auch nicht gerade aufgeweckt.

»Alles klar?«, hat er mich begrüßt und dazu eine Pommes im Ketchup absaufen lassen. So komplett, dass man sie gar nicht mehr gesehen hat, und wie er sie mit dem Stick wieder rausgezogen und in einem halben Meter Höhe damit rumgewackelt hat, haben sein Teller und sein Tablett ausgesehen wie der Boden beim *Action painting* im Kunstunterricht.

»He, lass das!«, hat der Burger-Mann hinter der Theke in unsere Richtung gerufen, aber Eric hat sich gar nicht weiter drum gekümmert. Stattdessen hat er seinen Pommesstick abstürzen lassen, dass es nur noch mehr gespritzt hat.

»Deine erste Lesbe?«

»Wie, meine erste Lesbe?«

Eric hat gelacht.

»Königsdisziplin! Lesbe umdrehen. Hab selbst ich noch nicht geschafft. Wär mir in dem Fall aber echt zu gefährlich.«

Dann hat er ein paar Karate-Luftschläge gemacht, die vermutlich nach Carla aussehen sollten.

»Man hat dich gesehen.«

»Großartig«, hab ich erwidert, »wobei denn?«

»Na wie du bei der Lesbe reinmarschiert bist. Und zwei Stunden später wieder raus. Zwei Stunden! Da geht ne Menge.«

Eric, du gehst mir auf den Sack. Nur weil du ein bisschen uncool auf dem Schulhof gelandet bist, musst du hier noch lange keinen auf Superarschloch machen. O.k., vielleicht bist du's, aber lass mich damit in Ruhe.

»Ehrlich«, hab ich gesagt, »laber jemand anderes mit deinem Zeug voll. Und wenn du's wissen willst: Ich hab nicht vor, Carla umzudrehen. So wenig wie Carla Lust drauf hat, umgedreht zu werden.«

Plötzlich Funkeln! In Erics Augen! Maximale Begeisterung!

»Hab ich also recht gehabt. So was riech ich einfach.«

»Was«, hab ich zurückgefragt, »was riechst du?«, dabei

hab ich schon kapiert gehabt, was Eric meint. Und auch, was für einen Super-/Riesen-/Scheiß-Fehler ich gerade gemacht hab.

»Wenn sie's überhaupt ist, meine ich, also lesbisch«, habe ich schnell versucht nachzuschieben. Aber eben: Versuch. Versuch gescheitert!

»Klar ist sie's«, hat Eric gesagt und fies dazu gelacht, »hast es ja selbst gerade zugegeben.«

»Ja, nein, das war doch nur«, hab ich gestammelt, »also wenn sie lesbisch wäre, hab ich gemeint. *Wenn*, verstehst du? Dann hätte sie bestimmt keine Lust von mir ...«

»Finn!«, ist mir Eric ins Wort gefallen. »Verstehe ja, dass du gerade deinen Kopf retten willst. Ist aber schon ab. Glatter Schnitt!«

Eric ist aufgestanden und hat in aller Seelenruhe seinen Pommesteller zum Abräumregal gebracht. Reingeschoben, noch mal blöd zu mir rübergegrinst und raus aus dem Laden.

»Fuck, fuck, fuck!«, hab ich leise vor mich hingezischt, und auf Burger hab ich auf einmal gar keine Lust mehr gehabt.

* * *

Am nächsten Morgen hat es natürlich die ganze Schule gewusst. Und Carla hat gewusst, von wem es die ganze Schule gewusst hat. Also klar, ich bin's nicht gewesen, der es auf dem Schulhof herumposaunt hat, aber weil sie's nur mir erzählt hat, ist ihr natürlich schon klar gewesen, aus welcher Ecke die Sache gekommen ist.

Seltsamerweise hat sich Carla überhaupt nicht aus der Ruhe bringen lassen. Sie hat gewirkt wie immer, hat geschwiegen wie immer, hat sich im Unterricht gelangweilt wie immer, und in der Pause hat sie sich wie immer eine Milch am Kiosk gekauft. O.k., bin schon mal vorsichtshalber in Deckung gegangen, so am anderen Ende des Schulhofs, aber ich glaube, sie hat gar nichts vorgehabt. Nach der Hofpause hat sie ihre Milchpackung dann im Mülleimer entsorgt und ist zurück ins Schulhaus. Hab noch zehn Sekunden gewartet, um ihr nicht auf der Treppe zu begegnen, aber so weit bin ich gar nicht gekommen. Abgepasst, direkt hinter der Tür. Fieser Griff, Unterarm so halb hinter den Rücken und alles blitzschnell.

»Nur damit das klar ist«, hat Carla mir ins Ohr gezischt, »es ist mir so was von komplett egal, wer alles weiß, dass ich lesbisch bin. Von mir aus kann das irgendwo am Schwarzen Brett hängen, hab ich kein Problem damit. Solange *ich* entscheide, ob es da hängt.«

Carla hat ihren Griff ein bisschen angezogen.

»Scheiße«, hab ich leise gezischt, »du tust mir weh. Es war aus Versehen. Echt, Eric hat mich reingelegt.«

»Und wie«, hat Carla erwidert, »hab ich mir das vorzustellen? Also aus Versehen sagen, dass jemand lesbisch ist. Hab ich jetzt zum Beispiel noch nie gemacht, und das, obwohl ich wahrscheinlich ein paar mehr lesbische Mädchen kenne als du.«

Kurz nachgedacht. Vielleicht nicht kurz genug, weil Carla jetzt nämlich meinen Arm komplett auf den Rücken gedreht hat. Vor Schmerz aufgeschrien, und im nächsten Moment ist Kai-Uwe vor uns gestanden. Ausgerechnet, Kai-Uwe! Keine Ahnung, woher der plötzlich angesprungen gekommen ist. Aufsicht hat er jedenfalls keine gehabt, aber egal: kurzer Brüller von links, Griff locker, ich wieder frei, Carla ab zu Kling Klong. Wenn ich richtig mitgezählt hab zum dritten Mal in drei Wochen. Schulrekord, würde ich sagen. Aber eine Medaille gibt's dafür sicher nicht. Und auch sonst nichts. Außer einer Woche Schulverweis und wenn Carla tatsächlich fliegt, bin ich es, der daran schuld ist. Nicht Eric, weil er alles ausgeplaudert hat, sondern ich, weil ich's ausgeplaudert hab.

Bin noch immer an meinem Platz direkt hinter der Eingangstür gestanden, als auf einmal Eric vorbeigeschlappt ist. Breites Grinsen, klar, dabei hat er vermutlich noch nicht mal mitbekommen, dass Carla mir gerade fast den Arm ausgekugelt hat.

»Top news«, hat Eric gesagt und weiter arschlochmäßig dazu vor sich hin gegrinst, »ich sag dir, so was zieht immer.«

»Große Sache«, hab ich geantwortet, »wirklich ganz große Sache. Und jetzt bist du hier der Star oder was? Der, der allen mal kurz erzählt hat, was Sache ist. Dabei bist du einfach nur lächerlich.«

Eric hat kurz sein Grinsen abgestellt. Aber schon im nächsten Moment hat er sein nächstes Arschlochgesicht gemacht. Jetzt wirklich so starmäßig, von oben herab und mit aufgeblähten Nasenlöchern und ehrlich, besonders gut hat er damit nicht ausgesehen.

»Was ist nur aus dir geworden, Finn? Geh stricken oder mal dein Zimmer rosa an, aber lass mich in Ruhe mit deinem schwulen Gesabbel.« Dann hat Eric sich umgedreht und ist die Treppe hoch.

»O. k.«, hätte ich gerne noch gesagt, »mach ich, ich lass dich in Ruh, wird mir ein Vergnügen sein, und danke auch für die tolle Idee mit dem rosa Zimmer.« Irgend so was halt, aber na ja, da ist er halt schon weg gewesen.

Bin dann auch hoch, Englisch bei Frau Tröber, und der einzige Platz, der während der ganzen Stunde leer geblieben ist, ist mal wieder der von Carla gewesen. In der Klasse hat's natürlich auch längst jeder gewusst. Allen voran Krok. Weil der es nämlich schon vor Eric und natürlich auch vor mir gewusst hat, und ihm das eigentlich schon in der Sekunde klar gewesen ist, als Carla das erste Mal im Klassenzimmer aufgetaucht ist. Behauptet er.

»Echt jetzt, hat gleich Klick bei mir gemacht.«

O. k., mal davon abgesehen, dass ich ihm nicht glaube: Bei Krok hat noch nie irgendwas Klick gemacht. Und in Sachen Mädchen gleich zweimal nicht. Aber dann ist Luis angekommen und hat behauptet, dass Krok ihm genau das an Carlas erstem Tag gesagt hat. Also eben, dass sie nicht ganz normal ist und so.

»Und mit *und so* hat er gemeint, dass sie lesbisch ist, oder was?«, hab ich zurückgefragt.

»Ja, klar, was sonst?«, hat Luis geantwortet.

Ja, was sonst, Luis? Wenn ein Mädchen neu in die Klasse kommt und nichts sagt, klar: lesbisch! Wenn sie in Mathe ein leeres Arbeitsblatt abgibt, obwohl sie's eigentlich draufhat: lesbisch. Wenn sie Frau Tröber gleich in der ersten Stunde Kontra gibt: lesbisch!

»Mann, ihr habt's ja drauf, echt jetzt!«, hab ich erwidert, und da haben sich Krok und Luis kurz angegrinst. So ein »Ja-ja-endlich-hat's-mal-einer-kapiert«-Grinsen, und dass das genau andersrum gemeint gewesen ist, ne, das ist schon wieder zu viel für die beiden gewesen.

»Warten ist scheiße«

Carla ist wirklich für eine Woche von der Schule geflogen. Wegen »wiederholter Störung der innerschulischen Atmosphäre«. Echt jetzt, so hat's in dem Brief an ihre Eltern gestanden. Was für ein Schwachsinn! Ich meine, die sollten vielleicht eher mal schauen, wer da so alles im Lehrerzimmer sitzt. Und jeden Tag aufs Neue Ozonloch mit der innerschulischen Atmosphäre spielt. Hab versucht, das wieder rückgängig zu machen. Also den Verweis, weil schließlich hat sie *mir* ja den Arm auf den Rücken gebogen, und solange *ich* nicht rummeckere, geht das doch niemand was an. Tut es doch nicht, oder?

Na ja, tut es doch, sagt Kling Klong, weil der hat den Brief an Carlas Eltern höchstpersönlich unterschrieben. Und dass Carla mal ein bisschen Zeit braucht, um über ihre Übergriffe auf »unschuldige Mitschüler« nachzudenken. Original Zitat, ohne Scheiß! Großer Brüller: Eric, unschuldig? Ich, unschuldig? Na ja, ich schon, irgendwie jedenfalls. Aber irgendwie auch nicht, und jedenfalls haben wir beide schon nicht ganz zu Unrecht unser Fett abbekommen. Nur dass dafür jetzt Carla, und gleich eine Woche, ne, das passt so nicht. Findet Carla auch. Und ihre Eltern? Schock! Totalschock! Ich meine, da retten sie ihre Tochter aus den Fängen eines anderen Mädchens, ziehen extra in eine andere Stadt, und dann so was.

»Eine Schande ist das!«, sagt ihre Mutter. Sagt Carla. Und das wir jetzt wieder quitt sind. Also sie und ich. Ich hab mich bei ihr entschuldigt, dass ich mich verquatscht hab, und sie, dass sie mir den Arm halb ausgekugelt hat. Wobei, eigentlich ist es andersrum gewesen. Sie zuerst. Hat mich nach der Schule abgepasst und sich bei mir entschuldigt. Und da hab ich mich eben auch entschuldigt. Obwohl das ja, also keine Absicht, aber egal. Sie »Entschuldigung«, ich »Entschuldigung«, und fertig. Eigentlich ziemlich unkompliziert mit Carla!

O. k., meine Meinung. Exklusivmeinung, würde ich mal sagen. Weil, außer mir, findet das glaube ich keiner. Keiner in der Schule und bei ihr zu Hause erst recht nicht. Gut, ihr Bruder vielleicht, auf seine Art jedenfalls. Nicht dass er das so gesagt hätte. Kann er ja nicht, also überhaupt irgendwas sagen, aber wenn Carla bei ihm ist, geht's ihm gleich gut. Auch auf seine Art natürlich, und manchmal lächelt er sogar ein bisschen. Zugegeben, ein sehr kleines bisschen, und wenn man ihn nicht kennen würde, würde es einem vielleicht gar nicht auffallen. Ich kenne ihn auch noch nicht so richtig, aber es reicht eigentlich schon, ihn ein paarmal gesehen zu haben, um die meisten Zeichen zu verstehen. Und, ja, ein paarmal sind es jetzt schon. Seit Carla nämlich wieder zurück in der Schule ist, haben wir schon vier Nachmittage miteinander verbracht. Einmal bei mir und dreimal bei ihr. Dreimal große Begeisterung. Bei Carlas Eltern! Bei Edda und Eike, Klingelschild, krasse Namen. Wahrscheinlich glauben sie wirklich, dass da was geht zwischen uns. Geht es aber nicht, kein bisschen, außer halt, dass wir uns irgendwie mögen. Nur anders als sonst mit den Mädchen eben.

Trotzdem, ist schon irgendwie komisch. Ich meine, da sitzt man mit einem Mädchen auf dem Bett, keine zehn Zentimeter auseinander, und man müsste nur mal kurz den Arm genau diese zehn Zentimeter rüberbewegen und schon: Kontakt! Wäre der Normalfall. Also zumindest, wenn man das Mädchen nett und hübsch findet. Problem: Genau das finde ich Carla. Nett und hübsch! Und manchmal muss ich mich echt ganz schön zusammenreißen, um nicht genau das zu tun. Also Hand rüber! *STOPP,* ruft es dann in meinem Kopf, und weil ich ein braver Junge bin, höre ich auf mich. Bis jetzt jedenfalls hat es immer geklappt, und wenn es irgendwann mal nicht klappt, wird Carla mich schon nicht gleich karatemäßig auseinandernehmen.

»Wieso«, hab ich sie gestern gefragt, »machst du das eigentlich, dieses Karate?«

Carla hat kurz zu mir hingesehen und gleich wieder weg, und dann hat sie ganz leise »Wegen Ina« gesagt.

»Wie wegen Ina?«, hab ich nachgehakt, und vielleicht hätte ich das nicht tun sollen. Weil auf einmal: Tränen! Ganz lautlos, sind einfach Carlas Gesicht runtergelaufen, und sie hat noch nicht mal versucht, sie wegzuwischen.

»Falsche Frage?«, hab ich gefragt.

»Ist schon gut«, hat Carla geantwortet und trotz der Tränen sogar ein bisschen gelächelt, »eigentlich bin ich ja froh, dass es endlich mal jemand gibt, mit dem ich über sie sprechen kann.«

»Macht sie auch Karate?«

Kurzes Nicken.

»Ina hat mich mal mitgenommen, und dann haben wir das ein Jahr lang zusammen gemacht. Also bis wir dann eben weggezogen sind. Wenn ich ins Training gehe, hab ich das Gefühl, sie ist bei mir.«

Klingt echt kompliziert. Ich meine, da gibt es jemand, den man liebt, und dann muss man ins Karate-Training gehen, um sich diesem Jemand nahe zu fühlen. O.k, Eltern tot: nicht schön. Nicht zu wissen, ob sie überhaupt die eigenen Eltern sind: auch nicht schön! Aber sein eigenes Leben nicht leben zu dürfen, das ist einfach nur total bescheuert.

»Gibt's da nicht auch so Turniere, wo ihr euch treffen könntet?«

»Klar gibt's Turniere, aber ich bin viel zu schlecht. So weit, wie wir auseinander wohnen, müssten das schon die deutschen Meisterschaften sein. Und dahin werde ich nicht mal mit zehn Stunden Training pro Tag eingeladen.«

Kurz nachgedacht, Idee!

»Kannst dich ja selbst einladen. Gefakter Brief vom Deutschen Karate Verein, dass du dich für die Meisterschaft qualifiziert hast und dass du am Soundsovielten in Berlin sein musst. Befehl sozusagen.«

»Vergiss es. Bei allem, was mit Karate zu tun hat, nehmen meine Eltern sofort Witterung auf. Trotzdem danke für den Versuch. Heißt übrigens Verband und nicht Verein.«

Kurz nachgedacht, keine neue Idee. Noch mal nachgedacht, immer noch keine neue Idee!

»Aber irgendwas«, hab ich schließlich gesagt, »muss es doch geben.«

Carla hat kurz gelacht und dann den Kopf geschüttelt.

»Wenn dir irgendwas Schlaues einfällt, nichts wie her damit. Warte mal!«

Dann: Carla vom Bett runter, mir die Hand hingestreckt, ich auch vom Bett runter.

Sie: »Gerade hinstellen!«

Ich: »Wieso?«

Sie: »Wirst schon sehen!«

Ja, und dann bin ich so vor ihr gestanden, halbwegs gerade, würde ich mal sagen, und in der nächsten Sekunde ist es auch schon losgegangen: Tritte und Schläge von allen Seiten und von oben und unten irgendwie auch. Nur das kein einziger von den Tritten und Schlägen getroffen hat. Ich meine, Carla hat alle so einen halben Millimeter vor meinem Körper abgestoppt und echt: kein einziger hat mich wirklich erwischt. Trotzdem jedes Mal zusammengezuckt. Wer weiß schon, ob nicht doch mal einer danebengeht. Oder eben gerade nicht, also nicht danebengeht, und ruckzuck liegt man halb tot in der Ecke oder hat wenigstens eine gebrochene Nase oder zwei zerquetschte Eier. Carla hat gelacht und immer verrücktere Aktionen gemacht und einmal sogar mit ihrem Bein über meinem Kopf herumgefuchtelt, und so irr, wie sie dazu gelacht hat, hab ich irgendwann angefangen zu schreien, so laut, dass auf einmal ihr Vater in der Tür gestanden hat.

Carla: von einem Moment auf den nächsten runter auf null. Ich: aufgehört zu schreien. Carlas Vater: »Lass das!« Tür wieder zu! Ziemlich kurze Aktion, kurzer Auftritt, kurzer Satz, dafür aber wirkungsvoll. Jedenfalls hat's uns beiden erst mal ziemlich die Sprache verschlagen. Carla noch mehr als mir, jedenfalls bin ich der Erste gewesen, der sie wiedergefunden hat.

»Und du bist dir sicher«, hab ich gesagt, »dass das nicht für die Deutschen Meisterschaften reicht?«

»Ist sowieso egal«, hat Carla erwidert und sich wieder aufs Bett fallen lassen. »Ich darf ja eh nirgendwo hinfahren. Ist schon ein Wunder, dass sie mir überhaupt erlaubt haben, weiter ins Karate zu gehen.«

Ich auch zurück aufs Bett, also neben Carla, und irgendwie haben wir nicht mehr gewusst, was wir reden sollen. Also ein paar Minuten jedenfalls, dann aber doch, also ich.

»Wie ist das eigentlich so«, hab ich sie gefragt, »also wenn man lesbisch ist?«

Carla hat sich zu mir umgedreht und ziemlich entgeistert ausgesehen. Also gar nicht böse entgeistert oder so, eher fassungslos entgeistert, oder nein: entgeistert entgeistert.

»Was ist das denn für eine Frage?«, hat Carla schließlich gesagt und dazu auch noch entgeistert gelacht.

»Na ja«, hab ich erwidert, »ich meine, wenn ich mich jetzt, also mit einem Jungen, fänd ich das schon, also irgendwie komisch.«

»Aber wenn du dich in ein Mädchen verliebst, findest du es nicht komisch oder was?«

Hab mich ja nicht gesehen, aber wahrscheinlich hab jetzt *ich* ein bisschen entgeistert ausgesehen. Ich meine, warum sollte ich's komisch finden, mich in ein Mädchen zu verlieben. Passiert doch andauernd, und wie soll ich was komisch finden, was andauernd passiert?

»Ne«, hab ich gesagt, »natürlich nicht.«

»Und wie ist das so, wenn *du* dich in ein Mädchen verliebst?«, hat Carla nachgehakt und sich dazu aufgesetzt.

»Also das ist«, hab ich angefangen, aber gleich schon nicht mehr gewusst, wie's weitergehen soll. Weil wie das ist, wenn man sich verliebt, also, ich meine, wie soll man dazu schon sagen?

»Schön vielleicht?«, hat sie für mich geantwortet, und obwohl ich es nicht leiden kann, wenn andere für mich antworten, hab ich genickt und »Ja« gesagt, »ja, schön!«.

Carla hat kurz gelacht und sich zurück in die Kissen fallen lassen.

»Siehst du!«

»Siehst du was?«

»Es ist schön«, hat Carla gesagt und nachdem sie einen kurzen Moment nachgedacht hat: »Es ist schön, sich in ein Mädchen zu verlieben. Du verliebst dich in Mädchen, und ich verliebe mich in Mädchen. Wo ist der Unterschied?«

»Also das ist«, hab ich noch einmal angefangen und gleich schon wieder nicht gewusst, wie's weitergehen soll.

Carla hat gelacht, jetzt aber richtig, und echt, ich glaub, sie hat's nicht böse gemeint oder so. Aber trotzdem bin ich mir gerade ein bisschen dumm vorgekommen. Umso mehr, weil sie im nächsten Moment schon wieder für mich geantwortet hat.

»Es gib einfach keinen. Also es sei denn, du willst jetzt damit anfangen, dass du nen Pimmel hast und ich nicht. Aber dann wärst du ungefähr genauso bescheuert wie meine Eltern, und das glaub ich nicht. Es ist schön, verliebt zu sein, ganz egal, ob es ein Mädchen oder ein Junge ist.« Noch mal gelacht. »Na ja, ganz egal auch wieder nicht. Mädchen sind einfach besser!«

Hab ein bisschen mitgelacht, und ich bin mir nicht mehr ganz so dumm vorgekommen, weil ich eigentlich genau ihrer Meinung gewesen bin. Also jetzt nicht nur, dass Mädchen besser sind. Klar, find ich auch, aber eben genauso, dass es eigentlich egal ist, in wen man verliebt ist. Gut, ist mir vorher noch nicht so klar gewesen, ganz einfach, weil ich noch nie so richtig drüber nachgedacht hab. Jetzt aber schon, oder nein, halt, eigentlich hat ja Carla für mich drüber nachgedacht. Aber egal: genickt, genickt und gegangen. Allein, Carla ist oben in ihrem Zimmer geblieben. Unten: Vater auf dem Sofa, gelächelt, Auftritt schon wieder vergessen.

»Mein Lieber«, hat er mich von seinem Platz aus angequatscht, »wir freuen uns, dass du jetzt öfter kommst. Und entschuldige bitte die Störung gerade eben, kommt nicht wieder vor.«

Moment mal, hab ich bei mir gedacht, was ist das denn jetzt? Gerade eben hat er oben noch seinen großen Auftritt und jetzt macht er hier einen auf *mein Lieber* und *kommt nicht wieder vor?* Und wenn schon, dann sollte er sich mal besser bei Carla entschuldigen. Schließlich ist es ihr Zimmer, in das er reingeplatzt ist, und ihr Leben, in das er reinquatscht.

»Ja, ja«, hab ich erwidert, »alles klar«, und ich glaube, ich habe geklungen wie ein braver Junge, der auf alles, was man ihm sagt, »ja, ja« erwidert. Feige irgendwie. »Was geht es Sie an, wenn Carla ein Mädchen liebt?« oder »Halten Sie sich da raus, das ist Freiheitsberaubung!«, das wären Antworten gewesen, auf die man irgendwie hätte stolz sein können. Aber »Ja, ja« ist so ziemlich das Gegenteil davon und dass das mit der *Freiheitsberaubung* wahrscheinlich gar nicht stimmt, macht die Sache nicht besser.

* * *

Vicky und Tommy sind übrigens zurück aus Frankreich. Haben noch drei Tage drangehängt, und wahrscheinlich spielt Vicky jetzt Schach wie Magnus Carlsen. Wobei, vom Schachspielen hat sie eigentlich gar nichts erzählt, sondern nur von ihrem Häuschen. Vom Garten und dem gemütlichen Sofa und dem offenen Kamin und dem Vogelkonzert morgens vorm offenen Fenster, und so wie sie klingt, haben sie ihr Häuschen die ganzen zehn Tage über kaum verlassen.

»War wirklich besser als gedacht«, hat Vicky gesagt und so, wie sich dazu ein Lächeln auf ihr Gesicht gelegt hat, ist es sogar *viel* besser gewesen, *viel, viel* besser.

Schon verrückt! Ich meine, Vicky ist so ziemlich die Einzige, die ich bisher immer verstanden habe. Klar ist sie schon auch ein bisschen schräg drauf, aber ich hab sie verstanden. Und jetzt? Vicky, die sonst alle drei Tage ihre Sexpartner wechselt, fährt mit einem blond gelockten Tommy-Gottschalk-Lookalike und seinem Spielekoffer in ein Ferienhäuschen nach Frankreich und kommt völlig high von dort zurück. Und vor allem: ist weiter mit ihm zusammen! Sitzt jetzt jeden Abend hier rum, und wenn er nicht sitzt, dann liegt er. Auf Vicky oder unter ihr und vielleicht auch mal kurz daneben. Ständiges Gequieke jedenfalls, und wie's aussieht, hat sein Hodenkrebs da nichts ausgeknipst. Oder im Gegenteil sogar noch mal was angeknipst, so wie ein Tannenbaum, dem kurz vor seinem Tod noch mal hundert neue Zapfen wachsen. Endzeitvermehrung sozusagen, auch wenn es Vicky wahrscheinlich eher nicht auf Vermehrung anlegt. Hoffe ich jedenfalls!

»Stört es dich«, hat Vicky mich gefragt, »wenn Thomas jetzt öfter da ist? Seine Eltern sind übrigens auch gestorben, als er noch ganz klein war.«

»Ach ja«, hab ich erwidert, und vielleicht wäre genau das der richtige Zeitpunkt gewesen. Nachzuhaken. Zu fragen: »Und, sind es wenigstens seine richtigen gewesen?« Oder gleich direkt: »Wo ist eigentlich der Brief, der neulich in deiner Schublade gelegen hat?« Hab ich nicht. Gelegenheit verpasst. Schon wieder feige! Aber warum eigentlich? Und vor allem: Warum ist Vicky so feige? Ich meine, sie weiß es ja sicher nicht erst seit dem Brief, dass sie nur die zweite in meiner Adoptionskarriere ist. Also wenn es stimmt. Aber eben, solange ich sie nicht gefragt habe, kann es immer noch sein, dass es nicht stimmt. Und weil das so ist, frage ich sie nicht. Was dumm ist. Sagt Carla!

»Das ist komplett bescheuert«, sagt sie und auch, warum das komplett bescheuert ist: »Es hat mal eine Zeit gegeben, da bin ich mir nicht sicher gewesen, ob ich Mädchen liebe. Und echt, mir ist es ziemlich mies gegangen damit. Aber seit ich es weiß, ist alles gut. Total gut sogar!«

O. k., heißt mit anderen Worten: Vicky fragen, Wahrheit ins Auge sehen, abhaken und weiter. Aber was, wenn ich das nicht so einfach abhake? Was, wenn mich die Wahrheit in tiefste Verzweiflung stürzt? Wenn ich mir vor lauter tiefster Verzweiflung von meinem Taschengeld eine Pistole kaufe und mich damit erschieße?

»Tust du nicht«, hat Carla gesagt und so laut gelacht, dass ich auch ein bisschen gelacht hab. Ne, tue ich nicht, natürlich nicht. Das Leben ist ja nicht auf einmal eine Vollkatastrophe, nur weil statt der richtigen Eltern die falschen gestorben sind.

»Ich warte einfach noch ein bisschen«, hab ich zu Carla gesagt, »und dann frage ich sie, ja?«

»Ja, ja, und ich warte noch ein bisschen, bis ich achtzehn bin, und fahre dann nach Berlin, um Ina wiederzusehen. Ich sag dir, warten ist scheiße.«

* * *

In der Schule ist wieder alles so weit in Ordnung. Ich meine mit Carla und dass jetzt jeder weiß, dass sie lesbisch ist. Irgendwie interessiert es keinen mehr. Außer Krok vielleicht, weil er sich wahrscheinlich die ganze Zeit vorstellt, wie die das machen. Also die Mädchen. Miteinander. So sexmäßig. Aber wenn eines wirklich überhaupt kein Schwein interessiert, dann das, was Krok sich vorstellt.

O. k., ist jetzt nicht so, dass ich mir das gar nicht vorstelle. Also Carla und Ina, wenn sie, so lesbisch eben, und obwohl ich natürlich schon so ungefähr theoretisch eine Ahnung davon hab, was zwei Mädchen alles miteinander machen, wenn sie zusammen im Bett sind, so lang man nicht dabei war, weiß man's halt trotzdem nicht. Und dabei sein, ne, wer will das schon und dürfen gleich zweimal nicht. Darf bei mir ja auch keiner, und ich glaube, das ist bei so ziemlich allen so, ganz egal ob lesbisch oder schwul oder eben nicht lesbisch oder nicht schwul, und vielleicht hat ja Carla sowieso recht, dass das alles am Ende komplett egal ist.

Ach ja, einen außer Krok gibt es natürlich schon noch, der die Sache mit Carla und ihrem Lesbisch-sein nicht ganz abgehakt hat: Eric! Sieht irgendwie verbittert aus. Wahrscheinlich, weil sein Rache-Feuerwerk nicht so richtig gezündet hat. Zumindest nicht, wie er sich das vorgestellt hat. Mehr ein müder Böller als das ganz große Astra-Saturn-Premium-Raketen-Sortiment. Einmal bumm und das war's auch schon, und mit ein paar Tagen Abstand würde ich sogar sagen, der Böller ist in seiner eigenen Hand krepiert, weil gar nicht wenige nämlich finden, dass so was nicht o. k. ist. Also rumposaunen, das jemand so oder so ist. Ist irgendwie wie petzen, und petzen kommt echt nicht gut. Und deshalb ist Eric im Moment auf der Beliebtheitsskala eher im unteren Bereich. Auch bei den Mädchen! Nix mehr mit Magnet, und wenn ich ehrlich bin, hab ich da sogar ein bisschen nachgeholfen. Von wegen *So was macht man nicht* und *Wenn ich Eric wäre, würde ich mich aber mal ganz schnell bei Carla entschuldigen.* Gut, ist jetzt vielleicht auch ein bisschen wie petzen, aber eben nur ein bisschen, und deshalb hat's mich auf der Beliebtheitsskala auch keine Plätze gekostet. Schon klar, zwischen Eric und mir ist damit endgültig Krieg. Und dass da noch was kommt, auch klar! Aber wenigstens ist er aus der ganzen Sache nicht ohne ein paar Beulen rausgekommen, und das ist es mir schon wert.

Carla hat meine Aktion, glaube ich, gar nicht mitbekommen. Muss sie auch nicht. Weil, was *sie* angeht, ist das vermutlich keine besonders gute Idee gewesen. Kann sich schon selbst helfen. Und wenn sie Eric noch mal eins vor's Schienbein hauen will, braucht sie mich bestimmt nicht dazu. Will sie aber nicht.

»Eric ist ein Würstchen«, sagt sie, und dass sie ihm mit der Milch und ihrer kleinen Karate-Einlage eigentlich schon viel zu viel Aufmerksamkeit geschenkt hat und dass sie eigentlich viel lieber nur an Ina denken möchte und daran, wie sie sich möglichst schnell wiedersehen können.

»Echt«, sagt sie, »ich halt's nicht aus!«

»Was ist eigentlich so besonders an ihr?«, hab ich erwidert. »Ich meine, hier gibt's ja auch einen Haufen Mädchen, in die du dich verlieben könntest.«

»Scheiße«, hat Carla wie aus der Pistole geschossen geantwortet, »nur weil du das so durchziehst, muss ich's ja nicht genauso machen. Du warst wahrscheinlich einfach noch nie richtig verliebt.«

O.k., Protest, klar, weil ich bin ja schon ungefähr hundert Mal verliebt gewesen. Wobei, so richtig jetzt auch wieder nicht, jedenfalls nicht so, dass es irgendwie das ganz große Ding gewesen wäre, wenn Vicky und ich, also in eine andere Stadt, und wenn ich's mir recht überlege, hat Carla wahrscheinlich sogar recht.

»Na gut«, hab ich gesagt, »aber dann sag halt mal!«

Ja, und dann hat Carla losgelegt. Dass sie keinen Menschen kennt, der so zärtlich ist wie Ina und ehrlich auch, und dass sie bei Filmen genau an den gleichen Stellen heult wie sie. Dass sie stark ist wie ein Löwe und schlau wie ein Fuchs, und dass sie einmal zwei Wochen lang ein obdachloses Mädchen in der Wohnung ihrer Tante versteckt hat, als die im Urlaub gewesen ist. Und vor lauter Aufregung hat Ina vergessen, das ganze Grünzeug zu gießen, weil dafür hat sie nämlich den Schlüssel von der Wohnung gehabt, und als ihre Tante nach Hause gekommen ist, sind die ganzen Pflanzen abgenippelt gewesen. Tante komplett ausgetickt, aber Ina hat nur gesagt, dass sie's vergessen hat, einfach nur vergessen, viel zu tun, Schule und so, und von dem Mädchen kein Wort.

»Wie denn auch«, hab ich gesagt, »dann hätte sie ja noch mehr Ärger an der Backe gehabt.«

»Hatte sie auch«, hat Carla erwidert, »weil die Sache nämlich doch noch aufgeflogen ist. Das Mädchen hat einen Slip vergessen, unterm Bett, und Inas Tante hat ihn gefunden. Aber weißt du, was sie in den nächsten Ferien gemacht hat? Also Ina?«

Schultern gezuckt, und echt: keine Ahnung!

»Noch mal die gleiche Nummer. Wieder jemand in der Wohnung untergebracht, nur dass sie das Blumengießen diesmal nicht vergessen hat. Cool, oder?«

»Ja, schon, klar«, hab ich gestammelt und mich gleichzeitig gefragt, ob ich so was auch gemacht hätte. Ich meine für jemand anderen, für ... für ... also weiß jetzt auch nicht wen. Und außerdem hab ich außer Vicky ja gar keine Tante, bei der ich jemand verstecken könnte. Aber trotzdem, ja, cool schon, irgendwie. Und stark und schlau auch und zärtlich sowieso, alles in allem nicht die schlechteste Kombination, würde ich mal sagen. Würde ich gern mal kennenlernen. So unverbindlich. Halt, nein, nicht *so* unverbindlich. Nur so eben, also ohne alles, nicht das Jungs-Mädchen-Ding und außerdem ist sie ja ... scheiße, ich hör lieber auf!

* * *

Ist gestern gewesen, und heute ist heute. Samstagmorgen. Keine Schule, keine Carla. Verwandtenbesuch in Bad Oldesloe, keine Ahnung, wo das liegt. Dafür hat Lara gesagt, dass sie mal vorbeikommt. Bisschen Französisch lernen. O.k., Vorwand, klar. Aber da ich gerade nichts anderes in Aussicht habe, hab ich erst mal nicht Nein gesagt. Kann aber trotzdem sein, dass ich nachher nicht da bin. Tut mir leid, Lara, echt, hat nichts mit dir zu tun, aber ich, ich musste dringend ... dringend ... ja wohin eigentlich?

»Aber ohne Zunge!«

O.k., jetzt mal ein paar Ideen:

1) Wir bequatschen Herrn Leopold, nicht wie geplant im Herbst nach Südtirol ins Landschulheim zu fahren. Stattdessen: Städtereise nach Berlin. Tolle Stadt, lebendige Geschichte, Kanzleramt, Reichstag, großartige Museen und so weiter. Klare Argumente! Problem 1: Herr Leopold liebt Südtirol. Problem 2: Herr Leopold fährt seit ungefähr hundert Jahren mit all seinen Klassen nach Südtirol. Problem 3: Der Herbst ist noch viel zu weit weg.

2) Ina bequatscht ihren Lehrer/ihre Lehrerin, mit ihrer Klasse auch nach Südtirol zu fahren. Gleiche Zeit versteht sich. Problem 1: Keine Ahnung, ob Inas Klasse überhaupt eine Klassenfahrt macht. Problem 2: Kein Lehrer fährt mit seiner Klasse fast 900 Kilometer (hab nachgesehen!) von Berlin ins Landschulheim nach Südtirol! Problem 3: siehe oben!

3) Carla ist von unserer Schule ausgewählt worden, mit der Karate-Schul-Mannschaft zum Finale der Deutschen Karate-Schul-Meisterschaften nach Berlin zu fahren und darf dort sogar die Schulfahne tragen. Problem 1: Karate! Problem 2: Karate! Problem 3: Karate!

4) Carla und ich behaupten, wir hätten uns verliebt, und fragen ihre Eltern, ob wir im Sommer zusammen auf eine Jugendfreizeit fahren dürfen. Dort kommt auch Ina hin und sie und Carla können so die Sommerferien miteinander verbringen. Problem 1: Carla ist lesbisch. Problem 2/3: Glaubt uns kein Mensch!

5) Carla hat eine seltene Krankheit, die nur von absoluten Spezialisten in Berlin behandelt werden kann und muss für fünf Wochen …

»Lass gut sein«, hat Carla gesagt, »aber danke, dass du dir so viele Gedanken gemacht hast.«

Wir sind bei ihr im Garten gesessen. Wir und Micha, Eltern weg. Micha hat geschlafen, oder es hat wenigstens so ausgesehen, als würde er schlafen. Aber auf einmal ist er hochgeschreckt, und dann ist alles ganz schnell gegangen. Hat wie wild um sich geschlagen, so gezappelt halt und die Augen verdreht dabei, und echt, ich hab gedacht, er stirbt. Ziemlicher Wahnsinn das Ganze, aber Carla ist ganz ruhig geblieben. Als ich zu ihr rübergesehen hab, hat sie jedenfalls schon das Handy am Ohr gehabt, und keine fünf Minuten später hat der Notarzt im Garten gestanden und Micha eine Spritze gesetzt. O. k., fünf Minuten klingt jetzt kurz, aber wenn man glaubt, gerade jemandem beim Sterben zuzusehen, sind fünf Minuten wie fünf Stunden.

»Sie kommen gleich«, hat Carla immer wieder gesagt, »sie kommen gleich«, so halb zu mir und halb zu sich selbst, weil sie wahrscheinlich schon auch ein bisschen

Schiss gehabt hat. Ich meine, ist ziemlich sicher nicht das erste Mal gewesen, dass Micha so einen Anfall gehabt hat, aber gewöhnen daran, ne, das tut man sich ganz sicher nicht.

»Alles richtig gemacht«, hat der Notarzt nach seiner Spritze zu Carla gesagt, »immer gleich anrufen«, und dann noch: »Bist ein tapferes Mädchen«, und obwohl das geklungen hat, als würde er zu einer Zehnjährigen sprechen, die selbst gerade, ohne zu weinen, eine Spritze bekommen hat, hat Carla dazu gelächelt.

Micha hat sich schnell wieder erholt. Also wenn man das erholen nennen kann. Jedenfalls ist er schnell wieder so gewesen wie immer, und als Carlas Eltern zurückgekommen sind, hat ihre Mutter geweint.

»Schön«, hat ihr Vater zu mir gesagt, »dass du da warst und ihr beigestanden hast.«

»Ja«, hab ich erwidert, »ja, klar«, dabei hab ich ja gar nichts gemacht. Trotzdem hat auch sie sich später bei mir bedankt.

»Danke«, hat sie gesagt, und: »So schlimm war's noch nie.«

»Kann er bei so was, ich meine, kann er sterben?«

Carla hat mit den Schultern gezuckt. Eher so »Frag nicht!« als »Weiß nicht!«, und dann hat sie mich nach Hause geschickt.

»Muss noch auf Mathe lernen«, hat sie gesagt, aber ich glaube, sie hat einfach ein bisschen allein sein wollen. Klar, morgen Arbeit, nur Carla und Lernen, das passt einfach nicht zusammen. Wozu? Sie kann ja auch ohne alles, und ob Carla eine Eins oder eine Sechs schreibt, hängt nun mal bestimmt nicht davon ab, ob sie gelernt hat oder nicht.

O.k., bin gegangen. Aus dem Haus, die Straße runter, rechts ab in die Kirchner-Straße, gleich wieder links, Nolde-Weg, Handy geklingelt. Handy aus der Tasche gezogen, Carla!

»Wo bist du?«, hat sie, ohne sich zu melden, in den Hörer gerufen, und ihre Stimme hat irgendwie ganz aufgeregt geklungen.

»Micha?«, hab ich zurückgefragt und Carla noch einmal: »Wo bist du?«

»Zweimal ums Eck«, hab ich geantwortet, »Nolde-Weg.«

»Gut, bleib da, ich komme!«

Aufgelegt! Ich gewartet. Ausgerechnet im Nolde-Weg! Hab nicht gewusst in welchem Haus, aber irgendwo wohnt hier Kai-Uwe Nazi. Und echt, wer will schon bei Kai-Uwe Nazi vor der Tür gesehen werden.

Hat nicht lange gedauert, vielleicht eine Minute, höchstens zwei. Dann: Carla im Vollsprint um die Ecke. Im Vollsprint die restlichen Meter zu mir. Außer Atem, trotzdem gleich losgelegt.

»Was ... was hast du da vorhin gesagt?«

»Keine Ahnung«, hab ich geantwortet, »was meinst du?«

»Na das mit dieser Idee.«

Carla hat noch immer geschnauft wie Luis auf der Zielgerade beim 1000-Meter-Lauf. Gesicht knallrot. Hände zittrig.

»Fandest du doch alle scheiße.«

»Nein, also ja, aber die eine, die ist vielleicht doch gut. Also die mit dem Sommer.«

Ich kurz nachgedacht. Sehr kurz.

»Du meinst, dass wir ein Liebespaar spielen.«

»Genau. Und dass wir dann auf diese Freizeit fahren und Ina auch. Und sie und ich den ganzen Sommer miteinander haben.«

Noch mal nachgedacht, dieses Mal länger. Verrückte Sache.

»Aber du weißt schon, was das bedeutet. Wir müssen uns dann auch ab und zu mal küssen und so, sonst glaubt uns das ja keiner.«

Carla hat gelacht.

»Aber ohne Zunge!«

»Nein, mit! Immer mit Zunge! Und super lange.«

Auch gelacht. So ein bisschen wirklich und ein bisschen auch verlegen. Dann: Kai-Uwe! Neben uns! Keine Ahnung, wie er es immer wieder schafft, so aus dem kompletten Nichts aufzutauchen. Wahrscheinlich irgend so ein Anschleichtraining, das er immer sonntags vor Sonnenaufgang mit seinen Nazi-Freunden am Waldrand übt.

»Gibt's einen Grund? Ich meine, dass ihr so fröhlich seid?«

Kurze Schrecksekunde. Warum? Keine Ahnung, wir haben ja nichts Verbotenes gemacht. Gut, Plan ausgeheckt, aber weiter? Dann: Schrecksekunde Teil zwei: Kuss! Ja, Carla hat mich vor Kai-Uwe geküsst. Nicht mit Zunge und eher kurz, so zwei, drei Millisekunden vielleicht, aber geküsst, und dann »Frisch verliebt!« gesagt und Kopf gegen meinen gelehnt. Ich: Ständer! O.k., nur bisschen Ständer und hat auch keiner mitbekommen, wie auch, trotzdem ganz schön viel auf einmal. Ich meine, erster Kuss, also mit Carla, also mit einer Lesbe. Noch dazu vor Kai-Uwe Nazi. Der sich im blödsten aller Momente aus seinem Vorgarten auf die Straße verirrt hat. Und dann auch noch Ständer. Lesbenständer. Ich meine, ist doch völlig unnötig. Zu nichts zu gebrauchen so ein Ding. Gut, ist auch schnell wieder weg gewesen. So wie auch Seeger schnell wieder weg gewesen ist. Zurück in seinen Garten gekrochen und da in so einem spießigen Laubenhäuschen verschwunden.

»Jetzt weiß es schon mal der Erste«, hat Carla neben mir gesagt und mich so aus meinen Gedanken gerissen.

Gelacht, also sie, ich immer noch ein bisschen durch den Wind.

»Aber glaub bloß nicht«, hat sie drangehängt, »dass es mir Spaß gemacht hat. Morgen machen wir in der Schule weiter.«

»Mit Küssen?«

Carla hat genickt und dann übergangslos den Kopf geschüttelt.

»Vielleicht reicht auch erst mal ein bisschen Händchen halten.«

»Ne, ne«, hab ich schnell erwidert, »reicht nicht. Die denken doch alle, dass du lesbisch bist. Da müssen sie schon mehr zu sehen kriegen.«

Carla hat mich angeguckt. Erst so ganz normal, aber dann hab ich gesehen, wie auf einmal so ein bisschen miese Stimmung angerückt ist. Irgendwie von unten hoch, erst Mund, dann Nase, dann Augen, dann wieder

Mund: »Wenn du glaubst, da wird irgend so ein kleines Sex-Ding für dich draus, kannst du das so was von knicken. Wir spielen das und fertig, und entweder du spielst mit oder eben nicht. War deine Idee, aber wenn du einen Rückzieher machen willst, auch gut!«

»Nein, nein, o.k., war ja nur, ich meine, keine Ahnung.«

»Du hast wohl Ahnung«, hat Carla sofort hinterhergeschoben, »und du weißt auch, was das für dich bedeutet. Also entscheide dich: ja oder nein!«

O.k., ja, ich meine, keine Küsse außer den gespielten. Und Bett gleich zweimal nicht. Hab ich schon kapiert. Aber für den Rest hab ich echt ein bisschen gebraucht. Und der Rest: Hammer! Der Rest: Solange ich verliebt mit Carla spiele, also so richtig, richtig verliebt, so verliebt, dass niemand mehr glaubt, dass sie lesbisch ist. Nicht in der Schule und erst recht nicht zu Hause! Solange, ja solange ist nix mit anderen Mädchen. Und nix heißt nix. Komplett nix. Und komplett nix ist komplett scheiße. Gut, damit hab ich erst mal Lara vom Hals, aber die Welt besteht nun mal nicht aus lauter Laras. Ich meine, muss man sich mal vorstellen: Da begegnet man vielleicht in der Stadt oder in der Disco einem supersüßen Mädchen, und das supersüße Mädchen findet einen selbst auch supersüß, und vielleicht ergibt sich sogar irgendwie eine Gelegenheit, mal kurz die Gitarre auszupacken und allerspätestens dann: bäng, Funken, erster Kuss und und und! So läuft's oder zumindest so ähnlich. O.k., lief's! Weil wenn ich wirklich mit Carla, also wenn ich das Ding hier durchziehe, ist eben nichts mehr mit supersüß, und die Gitarre kann ich in den Keller neben Vickys Ski stellen, die da schon ungefähr hundert Jahre stehen und genauso lange keinen Schnee mehr gesehen haben.

»Ja«, hab ich gesagt, ziemlich leise, »ja, klar«, aber dass ich das auch so gemeint hab, ne! Also schon irgendwie, weil sonst hätte ich's ja nicht gesagt, nur halt nicht so mit Überzeugung. Mehr »ja, schon« als »ja, super«. Ich meine, was für ein Wahnsinn! Nur damit Carla vier Wochen küssen kann, darf's ich zwei Monate lang nicht. Wer ist nur auf so einen Schwachsinn gekommen? Zwei unendliche Monate, so lang ist's nämlich noch bis zu den Sommerferien. Zwei Monate, ohne ein Mädchen, also ein richtiges, zwei Monate ohne alles. O.k., in Wahrheit sind's nur noch sechseinhalb Wochen und außerdem war's ja auch meine Idee. Irgendwie jedenfalls oder von mir aus auch mehr als irgendwie. Aber ist doch gar nicht ernst gemeint gewesen. War halt so dahergeredet, so wie das mit dem Karate auch. Oder das mit der Krankheit. Wobei, ja, genau, vielleicht doch lieber das mit der Krankheit, dann könnte ich …

»Danke«, ist mir Carla in meine Gedanken gerauscht, »bist echt ein Freund!«

Dazu hat sie mich in den Arm genommen und kurz gedrückt. So kumpelmäßig, nix Mädchen-Junge oder so, und spätestens in dem Augenblick ist mir klar gewesen, dass ich aus der Nummer nicht mehr rauskomme. Einzige Hoffnung: Carlas Eltern nehmen uns den ganzen Quatsch nicht ab. Aber so, wie sie jetzt immer schon jeden Besuch von mir feiern wie Weihnachten, werden sie wahrscheinlich so komplett abheben, dass sie gar nicht auf die Idee kommen, dass das alles nur ein Riesenfake ist.

»Meine Eltern werden ausflippen«, hat Carla dann auch prompt gesagt, und ich hab gesehen, wie ihr die Augen auf einmal mit Tränen vollgelaufen sind.

»Was ist?«, hab ich gefragt, und echt, ich hab's nicht kapiert. Ich meine, ist doch alles super gelaufen für sie. Super Plan und *Ja* gesagt hab ich auch. Warum also dann noch heulen?

»Was ist an Ina schlecht, dass man sich nicht auch über sie freuen kann?«, hat Carla schließlich geantwortet. »Nur weil wir beide Mädchen sind, also das ist doch total pervers.«

»Nein, nein«, hab ich mich beeilt zu sagen, »das ist nicht pervers, kein bisschen pervers ist das. Zwei Mädchen, also, ist doch voll o. k.!«

Carla: aufgehört zu heulen, Kopf geschüttelt.

»Oh, Mann, du stehst aber echt manchmal auf dem Schlauch. Natürlich ist das o. k. mit Ina und mir. Pervers ist, dass es meine Eltern pervers finden.«

»Ja, voll pervers«, hab ich schnell nachgelegt, aber gut, hat's jetzt auch nicht mehr rausgerissen. Ist Carla aber irgendwie egal gewesen. Gesagt dazu hat sie jedenfalls nichts mehr. Stattdessen: Planverfeinerung!

»Also wir machen das so«, hat Carla gesagt, und obwohl Sätze, die so anfangen, meistens nicht besonders gut enden, hat mir das, was sie da vor mir ausgebreitet hat, ziemlich eingeleuchtet.

»Wir müssen langsam anfangen, also nicht gleich das

volle Programm. Erst mal nur kurz Händchen halten, so, dass meine Eltern es ganz zufällig sehen.«

Carla hat kurz nach meiner Hand gegriffen und gleich wieder losgelassen. Gerade so, als ob ich zu blöd wäre, mir vorzustellen, wie Händchen halten geht.

»Verstehst du«, hat sie gesagt, »sie müssen erst mal denken, dass wir es vor ihnen verheimlichen. Macht die Sache glaubwürdiger.«

»Und was«, hab ich nachgehakt, »wenn es so kurz ist, dass sie es gar nicht mitbekommen?«

Carla hat gelacht.

»Sie bekommen es mit, verlass dich drauf. Seit du das erste Mal bei mir warst, bist du ihre ganz große Hoffnung.«

Und dann hat Carla gleich noch die nächsten Schritte drangehängt. Die hat sie sich nämlich auch schon ausgedacht gehabt. Schritt 2: Im Zimmer beim Händchenhalten erwischen lassen. Schritt 3: Beim Küssen erwischen lassen. Schritt 4: Alles öffentlich.

»Und Schritt 5«, hab ich weitergemacht, »die Sache mit den Ferien.«

»Exactly!«

»Und wie sieht's aus mit Übernachten«, hab ich vorsichtig versucht vorzuschlagen, »also probehalber, vorher mal. So als Schritt 4a sozusagen.«

Ist jetzt nicht so wirklich ernst gemeint gewesen von mir. Aber Carla: kurz nachgedacht. So, als ob sie wirklich die Vor- und Nachteile meines Vorschlag abchecken würde. Dann: Kopfschütteln.

»Brauchen wir nicht«, hat sie erwidert, »und außerdem: Nur weil sie glauben, dass ich mit einem Jungen zusammen bin, machen sie jetzt auch nicht gleich alles mit.«

Ach ja, wir sind übrigens immer noch so halb schräg vor Seegers Haus gestanden. Hat sich aber nicht mehr blicken lassen, oder wir haben ihn einfach nur nicht gesehen die ganze Zeit. Kann schon auch passieren, wenn man gerade Pläne schmiedet. Sind dann irgendwann weitergegangen, um gleich mal Schritt 1 anzutesten. Also zurück zu Carla nach Hause, aber ihre Eltern haben das mit dem kurz Händchenhalten, glaube ich, wirklich nicht mitgekriegt und sind stattdessen nur verwundert gewesen, dass ich nach zehn Minuten schon wieder da gewesen bin.

»Ähm, Schule, Englisch«, hab ich gestottert, »wir wollten, also noch ein bisschen was lernen.«

»Ich helfe Finn ein bisschen«, hat Carla sich eingeschaltet, »er hat's nicht so mit Englisch«, und obwohl unser Plan ja sowieso nur aus Lügen besteht, hat mich gleich die erste ein bisschen beleidigt.

»Wenn ich was in der Schule kann«, hab ich ihr noch auf der Treppe nach oben zugezischt, »dann Englisch.«

»Ich weiß«, hat Carla zurückgezischt, »interessiert aber gerade niemand!«

Ja, und den Rest des Nachmittags haben wir dann eigentlich gar nichts gemacht. Also auf alle Fälle mal nicht Englisch, und eigentlich haben wir nur darauf gewartet, dass auch ohne Händchenhalten jemand Verdacht schöpft. Hat aber keiner. Hat jedenfalls nicht so ausgesehen. Aber welcher Plan klappt schon von Anfang an. Von der ersten Minute. Und solange Carlas Eltern noch gar keinen Verdacht geschöpft haben, solange sind wir ja eigentlich noch gar nicht zusammen, und so lange könnte ich ja noch ein bisschen was mit anderen Mädchen, ganz unverbindlich natürlich, und wenn …

Na gut, war nur so eine Idee!

»So toll bist du gar nicht!«

Tommy ist bei uns eingezogen. Also jetzt nicht mit Möbeln und so, aber immerhin mit zwei riesigen Taschen, die randvoll sind mit Klamotten. Vicky sagt, dass das nur vorübergehend ist, weil bei ihm in der Wohnung ein neuer Boden verlegt wird. Gut, kann ja sein, aber warum braucht man für vorübergehend so viele Klamotten? Und warum hat Vicky für vorübergehend ihr Schlafzimmer so umgeräumt, dass Tommy dort seinen eigenen Bereich hat? Mit Arbeitstisch und kleinem Regal für seine Bücher. Immerhin hat er zu den Taschen auch noch seine Gitarre mitgebracht. Wusste gar nicht, dass er spielt, aber Vicky sagt, dass er sogar ziemlich gut ist. Ehrlich, irgendwie mag ich den Typ nicht besonders, aber Gitarre: klarer Punkt für ihn! Und wenn die Sache mit ihm bei uns am Ende doch ein bisschen länger dauert als vorübergehend, können wir ja vielleicht sogar mal zusammen spielen. Also Gitarre jetzt, nicht Halma oder Schach, das soll mal schön Vicky weitermachen. Schließlich hat sie sich den Typ ja selbst eingebrockt, und sie soll mal bloß nicht auf die Idee kommen, dass wir mit Tommy hier jetzt einen auf Familie machen.

Das mit Carla hab ich ihr nicht erzählt. Also von unserem Plan und dass wir ab jetzt einen auf Liebespaar machen. Vielleicht auch besser so. Ich meine, Vicky ist absolut großartig, da lass ich mir nicht reinquatschen, und daran ändert noch nicht mal Tommy was. Aber Vicky und Geheimnisse, das passt jetzt eher mal nicht so gut, und wenn ich's ihr erzähle, dann weiß es auch Tommy, und wenn der es weiß, keine Ahnung was dann. Besser, sie glaubt erst mal auch, dass Carla und ich ein Liebespaar sind, und solange sie mir nichts von dem Brief in ihrer Schublade erzählt, bleibt's auch dabei.

* * *

In der Schule haben wir übrigens gleich am nächsten Morgen angefangen. Mit unserem *Plan 4*, so nennen wir ihn nämlich, weil das mit den gemeinsamen Ferien meine vierte Idee gewesen ist. Carla hat noch am Abend mit Ina geskypt. Viel hat sie nicht erzählt davon, aber anscheinend ist sie jetzt nicht gerade begeistert gewesen. Klar, Sommerferien zusammen mit Carla, super Sache. Aber der Plan, mit mir, Liebespaar und so, ich glaube, Ina traut Carla nicht so richtig über den Weg. Wahrscheinlich hat sie Schiss, dass Carla auf einmal auf den Geschmack kommt und irgendwann nicht mehr mit ihr sondern mit Jungs will. Also mit mir. Ganz ohne Fake. O. k., hab ich mir so auch schon ausgemalt, und vielleicht ist das der Grund, warum ich den ganzen Wahnsinn überhaupt mitmache. Aber glauben dran? Ne, tu ich nicht. Carla hat Ina natürlich gesagt, dass das kompletter Quatsch ist, und sie nur sie, also Ina liebt, aber erzähl so was mal einem. Einem oder einer, die sechshundert Kilometer entfernt wohnt und nicht sehen kann, was wirklich läuft. Kuss vor Kai-Uwe Nazi zum Beispiel! Von dem hat Carla nämlich bestimmt nichts erzählt.

»Hab ich wohl«, hat sie später gesagt, also am Nachmittag, als wir unsere erste Runde in der Schule schon hinter uns gehabt haben. Nichts Großes, nur Händchen halten auf dem Schulhof. Trotzdem Hammer. Ich meine, halte mal mit einem ganz normalen Mädchen Händchen auf dem Schulhof. Kein Problem. Paar gucken und gucken auch wieder weg, und eine Stunde später haben es fast alle wieder vergessen. Aber Händchen halten mit einem Mädchen, von dem jeder weiß, dass es lesbisch ist, also da gehen gleich alle Fernsehkameras an. Und echt, in dem Moment, als sie angegangen sind, bin ich mir nicht mehr so sicher gewesen, ob das alles eine gute Idee ist, oder ob ich mir hier gerade komplett meinen Ruf versaue. Bei Krok, bei Tim, bei Luis und all den anderen, kein Problem. Bei Eric auch nicht, bei dem bin ich ja sowieso schon längst unten durch. Aber was ist mit den ganzen Mädchen? Mit den ganzen Mädchen, die nicht lesbisch sind, und die jetzt denken, dass ich irgendwie auch nicht mehr ganz normal bin? Und wenn der Sommer vorbei ist, will keine von ihnen mehr was von mir wissen?

Lösung 1: Carla ist gar nicht lesbisch und Eric hat nur irgendeinen Blödsinn verbreitet, um sich wichtigzumachen. Problem: Letztlich bin's ja ich gewesen, der die Sache ausgeplaudert hat. Also Eric gegenüber. Also keine Lösung. Lösung 2: Carla ist bi. Problem: Bi ist blöd. Ich meine, entweder das eine oder das andere, aber beides? Klar, gibt's, weiß ich, weiß jeder, und wenn ich so drüber nachdenke, vielleicht ist das doch gar keine so blöde Idee.

»Carla ist halt bi, falls du weißt, was das ist«, hab ich's gleich mal an Krok ausprobiert, als er mich nach der Pause ohne Carla am Eingang zum Schulhaus abgepasst hat.

»Und du«, hat Krok zurückgefragt, »bist du dann auch bi?«

»Was soll der Blödsinn denn«, hab ich ihn angeranzt, »geht bi nur mit bi?«

Krok hat genickt!

»Klar, ist so! Hab ich erst neulich im Fernsehen gesehen.«

Oh, Mann, Krok! Du bist jetzt nicht der Allerhellste, schon klar. Und im Fernsehen läuft ein Haufen Scheiß, auch klar. Aber dass da erzählt wird, dass bi nur mit bi, ne, glaub ich nicht. Und das wiederum bedeutet, dass du nicht nur nicht der Allerhellste, sondern wahrscheinlich sogar der Allerdümmste bist, weil nur der Allerdümmste glauben kann, dass ...

»Reingefallen«, hat Krok auf einmal mitten in meine Gedanken hinein gesagt und losgelacht, als hätte irgendeiner den Witz des Jahrhunderts gerissen. Hat aber keiner oder halt nur er, und als er »Du hast's geglaubt, stimmt's, du hast's geglaubt« hinterhergeschoben hat, bin ich natürlich schon ein bisschen blöd dagestanden.

Am meisten hat, glaube ich, Lara an der Sache zu knabbern gehabt. Aber nicht wegen lesbisch und bi und so. Sie hat einfach gesehen, dass Carla und ich Hand in Hand über den Schulhof gelaufen sind, und das hat ihr ziemlich sicher nicht besonders gefallen. Weil, Lara denkt halt immer noch, dass das mit uns noch mal was wird. Und schon klar, den Französisch-Nachmittag bei ihr hätte ich mir schenken sollen. Aber da hab ich das ja auch noch gar nicht gewusst, also mit Carla, mit unserem Plan und so. Und deshalb kann sie mir doch eigentlich gar keinen Vorwurf machen. Macht sie auch nicht. Jedenfalls nicht direkt. Aber immer in eine andere Richtung gucken, ist schon auch Vorwurf, finde ich. Beleidigt halt, eifersüchtig, enttäuscht, irgendwie kann ich sie ja sogar verstehen.

Eric? Keine Ahnung. Nicht gesehen, vielleicht krank. Soll mir recht sein. Also wenn er krank ist. Weil solange er krank ist, kann er schon keine blöden Sprüche machen. Und die macht er, garantiert, wenn er das mit Carla und mir mitkriegt. Und deshalb: Viel Spaß noch mit deiner Krankheit, Kumpel. Und schlechte Besserung! Bleib, wo du bist, und bleib lange!

Krok hat seinen Platz neben Carla übrigens gleich geräumt. Jetzt sitzt er auf meinem Stuhl, und den Rest vom Tag hat er andauernd zu uns nach hinten geschaut. Ob da was läuft halt. Aber da läuft nichts, Krok, und muss ja auch gar nicht. Sagt Carla. Würde ja sowieso nichts bringen, weil außer Krok ja eh keiner nach hinten schaut. Sagt auch Carla. Überhaupt sagt Carla gerade erstaunlich viel. Auch und besonders und immer wieder, dass sie nicht bi ist und das auch gar nicht sein will.

»Weiß ich doch«, sag ich dann.

Und Carla: »Ist ein scheiß Spiel, das Ganze.«

Und ich: »Hast du ein anderes?«

Hat sie nicht, natürlich nicht, aber wenn sie dran denkt,

dass am Ende des Spiels vier Wochen Sommerferien mit Ina winken, als Preis sozusagen, geht's ihr ganz schnell auch wieder gut. Und mal ehrlich: So scheiße war's gar nicht. Jedenfalls nicht für mich. Gut, ist vielleicht ein bisschen was anderes, weil ich ja auch sonst mit Mädchen und Carla eben nicht mit Jungs, aber ist ja trotzdem irgendwie schräg. Also auch für mich. Ich meine, Händchen zu halten mit einem Mädchen und dabei genau zu wissen, dass da nichts draus wird, das muss man ja auch erst mal verkraften. So psychisch jetzt. Aber scheiße, ne, das nicht!

Carla sagt, dass ich leicht reden hab, und dass Händchen halten mit mir das Gleiche ist, wie wenn ich mit einem Jungen auf dem Schulhof Hand in Hand rumlaufen würde.

»Wie jetzt«, hab ich gesagt, »ich bin ja nicht schwul oder so.«

»Eben«, hat Carla erwidert, »und ich bin nicht hetero, gleiche Sache.«

O. k., geb zu, hab ne Weile gebraucht, um zu kapieren, was sie meint. Hab's dann aber doch noch, glaub ich jedenfalls, und, ja, vielleicht ist es wirklich ein scheiß Spiel. Für sie!

* * *

Trotzdem am nächsten Tag neuer Anlauf. Bei ihren Eltern. Schließlich müssen vor allem sie das Ganze schlucken. Ob's in der Schule jeder glaubt, komplett egal. Aber zu Hause, bei Carla, wenn's da nicht funktioniert, können wir die Sache knicken.

»Wir treffen uns um drei auf dem Spielplatz«, hat Carla nach dem Unterricht gesagt, »direkt am Zaun zu unserem Grundstück.«

O. k., hat jetzt eher nach Befehl als nach Verabredung geklungen, hingegangen bin ich aber trotzdem. Carla schon da. Eltern schon da. Carla auf dem Spielplatz, Eltern im Garten. Ziemlich weit weg im Garten, weil der nämlich ziemlich lang ist, aber schon noch nah genug, dass die beiden uns hätten erkennen können. Wenn sie geguckt hätten. Haben sie aber nicht, und deshalb haben Carla und ich eine halbe Ewigkeit am Zaun Händchen gehalten. So lange, wie ich echt noch nie mit einem Mädchen am Stück Händchen gehalten hab. Weil mal ehrlich: Es gibt Besseres, als mit einem Mädchen Händchen zu halten, viel Besseres, und Händchen halten ist nur so eine Art Vorspiel. Braucht es manchmal, klar, aber doch keine halbe Stunde! Und braucht es erst recht nicht, wenn überhaupt keine Aussicht besteht, dass nach dem Vorspiel noch was anderes kommt.

»Scheiße«, hat Carla gesagt, »wie kann man denn so lange nicht gucken?«

»Lach doch mal!«

Carla hat sich zu mir umgedreht und mich angesehen, als hätte ich ihr gerade vorgeschlagen, mich zu heiraten.

»Sonst alles gut?«, hat sie zurückgefragt. »So lustig ist das alles nicht.«

»Lach einfach«, hab ich auf meinem Vorschlag bestanden, »so laut, dass sie dich im Garten hören.«

Carla hat jetzt nicht gleich *super* gerufen, aber immerhin hat ihr Gesicht wieder auf normal gewechselt.

Auf normal und nachdenken, um genau zu sein, und am Ende vom Nachdenken: lächeln!

»Für einen Jungen«, hat sie gesagt, »hast du ab und zu echt ganz gute Ideen.« Ja, und dann: gelacht! Also richtig gelacht, laut und irgendwie aus vollem Herzen, und ich glaube, wenn ich so wie Carlas Eltern da unten auf der Terrasse gesessen hätte, ich hätte einfach nur gedacht, da geht's jemandem richtig gut.

Und dann: »Oh, das ist ja unsere Tochter, der es so richtig gut geht.«

Und: »Oh, sie hält ja einen Jungen an der Hand. Diesen Finn! Hast du gesehen, Eike, Carla hält Händchen mit Finn.«

Und Eike: »Mensch, Edda, ich hab's dir doch gesagt, wir müssen nur wegziehen, und alles wird gut.«

O.k., hab natürlich nicht gehört, was die beiden miteinander gesprochen haben, viel zu weit weg. Aber dass sie gesprochen haben schon, und dass sie uns gesehen haben auch.

»Komm«, hat Carla gesagt, »jetzt noch ein bisschen kuscheln, und sie haben's gefressen!« Umarmt. Körper bisschen auf Abstand, aber umarmt. Ungefähr drei Sekunden, dann wieder losgelassen. »Und jetzt ab nach Hause.«

»Zusammen?«

Carla hat den Kopf geschüttelt.

»Ich streit erst mal alles ab, das macht alles noch echter. Und morgen legen wir nach.«

O.k., Carla nach Hause, ich nach Hause. Zu Hause, also bei mir, Brief im Kasten. Für mich. Ohne Marke.

Handschrift, Mädchenschrift, Laraschrift! Hab sie gleich erkannt, weil sie mir beim Französischlernen immer so Listen mit Vokabeln geschrieben hat, die ich dann hab ausfüllen müssen. Brief mit reingenommen und erst mal gar nichts gemacht. Gut, ein bisschen was schon, aber den Brief hab ich zu gelassen. Ich meine, hab auch so gewusst, was drinsteht. Irgendwas mit größter Enttäuschung ihres Lebens und dass ich ihr Herz mit einem Dolch durchstochen hab und sie sich nie mehr von diesem Schmerz erholen wird, solche Sachen halt. Sachen, die Mädchen schreiben, wenn sie das mit *unverbindlich* nicht so richtig verstanden haben.

Bisschen Gitarre gespielt (lange nicht mehr gemacht) und ein bisschen Zimmer aufgeräumt (noch länger nicht mehr gemacht), dann was getrunken, Cornflakes gegessen, Chemiebuch aufgeklappt, Chemiebuch eine Minute später wieder zugeklappt, zweite Portion Cornflakes, wieder hoch in mein Zimmer, Brief immer noch nicht gelesen. WhatsApp von Carla *ich glaub sie haben angebissen*, WhatsApp zurück *:-)*, aufs Bett gelegt, Augen zu, kurz weggenickt, Augen wieder auf, Brief doch gelesen.

Lieber Finn,
wahrscheinlich glaubst Du, dass ich jetzt total enttäuscht von Dir bin und ich mich vor lauter Liebeskummer auf dem Bett hin- und herwälze. Ist aber nicht so. Eine Zeit lang hab ich gedacht, ich bin in Dich verliebt. Bin ich aber nicht, das weiß ich jetzt. Wollte, dass Du das auch weißt.
Lara
P.S.: So toll bist Du gar nicht!

Scheiße! Ich meine gut, weil ich, wenn die Sache mit Carla und Ina klappen soll, echt kein Mädchen brauchen kann, das mir mit verliebten Augen hinterherrennt. Aber eben doch scheiße, weil Abfuhr einfach immer scheiße ist. Und wenn ein Mädchen sagt, dass man gar nicht so toll ist, finden ja vielleicht auch andere Mädchen, dass man gar nicht so toll ist, und wenn das irgendwann alle finden, ist es mit dem Spaß aber mal ganz schnell vorbei.

»Was ist«, hat mich Vicky beim Abendessen gefragt, »alles klar bei dir?«

Tommy ist nicht da gewesen. Angeblich noch bei der Arbeit, aber ich glaube, Vicky hat einfach mal wieder ein bisschen Luft zum Atmen gebraucht.

»Ja, schon«, hab ich geantwortet, »ganz schön kompliziert alles gerade.«

Und dann hab ich's Vicky doch erzählt, also das mit Carla und mit Ina und dass ich jetzt erst mal eine halbe Ewigkeit nichts mehr mit einem Mädchen anfangen kann, damit die ganze Geschichte nicht auffliegt, und das mit Lara auch. Hat Vicky aber nicht besonders interessiert, also Laras Brief. Dafür das mit Carla, sehr sogar.

»Und du machst das echt so aus Freundschaft?«

»Na ja«, hab ich erwidert, »nach irgendeiner Belohnung sieht's jedenfalls nicht aus.«

Vicky hat genickt. Genickt und geschwiegen. Und wie das mit dem Nicken und dem Schweigen vorbei gewesen ist, ist sie aufgestanden und um den Tisch rum und hat mich umarmt. Ja, Vicky hat mich umarmt, und obwohl ich Vicky mag wie keine andere und Vicky mich, glaube ich, mag wie keinen anderen, umarmen ist sonst eigentlich nicht.

»Das ist cool«, hat sie geflüstert, »richtig, richtig cool!«

Noch mal gedrückt, wieder losgelassen und mir einen Kuss gegeben. Ist sonst auch nicht, genauso wenig, wie Sekt trinken zum Abendessen. Haben wir aber auch gemacht, direkt nach Umarmung und Kuss, und als Tommy später doch noch gekommen ist, sind wir beide echt ein bisschen hinüber gewesen. Vicky hat's ihm natürlich gleich weitererzählt, und auch Tommy ist schwer beeindruckt gewesen. Hat gleich mal was von Solidarität und Freundschaft geschwafelt und dass er total stolz auf mich ist. Hat echt nur noch gefehlt, dass er mich wie Vicky umarmt und küsst, aber auch ohne ist mir seine Papa-Nummer ganz gewaltig auf die Nerven gegangen.

»Ist ganz normal, das mit Carla«, hab ich gesagt und auch wenn es vielleicht nicht wirklich ganz normal ist, hab ich's in dem Moment genau so gemeint.

Später, im Bett, mal wieder Stöhnerei von nebenan. Ich, Gitarre gepackt und richtig in die Saiten gegriffen. Einfach nur laut und ohne Plan. Hat gewirkt. Oder Vicky und Tommy sind einfach fertig mit ihren Turnübungen gewesen. Jedenfalls ist im Schlafzimmer wieder alles still gewesen, aber die Gitarre hab ich vorsichtshalber mal neben dem Bett stehen lassen. *ich glaub sie haben angebissen.* Noch mal Carlas WhatsApp gelesen. Noch mal geantwortet: *morgen schritt 2?* Und Carla zurück: *gleich weiter zu 3.*

Ich: *aber mit zunge*

Carla: *quatsch*

Ich: *muss echt wirken*

Carla: *kein mensch küsst mit zunge vor seinen eltern*

Ich: *ich schon!*

Carla: *du hast ja gar keine*

Kurze Pause.

Carla: *entschuldigung!!!*

Ich: *stimmt ja!*

Carla: *trotzdem entschuldigung*

Ich: *bis morgen*

Smartphone zur Seite gelegt, Licht aus, Augen zu, nachgedacht. Nicht über Carla und mich. Nur über mich. Darüber, dass vorhin beim Sekt eine ziemlich gute Gelegenheit gewesen wäre, Vicky zu fragen. Gelegenheit verpennt, würde ich mal sagen. Und wer weiß schon, wann Tommy das nächste Mal *nicht* da ist. Vicky sagt, dass es vielleicht doch Liebe ist. Für sie. Für ihn. »Wäre es nicht schön, wenn wir eine richtige Familie wären?« Ne, wäre nicht schön. Und ne, hat sie auch nicht gesagt. Aber kann ja noch kommen. Bei Vicky weiß man nie!

»Dir kann's ja egal sein«

Großer Jubel! Bei Carlas Eltern. Haben uns geküsst, bei ihr im Garten. Ohne Zunge, da ist nichts zu machen gewesen. Und ohne Eltern im Garten, aber wir haben genau gesehen, dass sie von drinnen zugeguckt haben. Ne, gesehen eigentlich nicht, mehr so gehofft. Immer wieder von vorne angefangen, aber der Einzige, der es mit Sicherheit mitbekommen hat, ist Micha gewesen. Der ist nämlich auf einmal in großes Gelächter ausgebrochen. O. k., erst mal gut, wenn Micha lacht, klar, weil Lachen heißt ja, dass es ihm gut geht. Aber in dem Fall heißt Lachen eben auch, dass unser Küssen so komisch ausgesehen hat, dass selbst Micha gemerkt hat, dass da was nicht stimmt. Und das ist eben gar nicht gut, weil wenn Micha das merkt, dann merken es Eike und Edda gleich zweimal, und wenn die es merken, ne, so geht das nicht!

Carla zu Micha hin und ihn umarmt und irgendwann hat er sich dann auch mal wieder eingekriegt, und als wir uns das nächste Mal geküsst haben, ist er schon wieder so weg gewesen, dass er gar nichts davon mitbekommen hat. Sofort aufgehört, als Carlas Eltern rausgekommen sind, und sofort weiter geküsst, als sie wieder reingegangen sind, aber eben, irgendwann haben sie's halt doch mitbekommen und deshalb: großer Jubel! Gut, großer Jubel stimmt jetzt nicht so ganz, weil sie natürlich nicht zugegeben haben, dass sie hinterm Fenster gestanden und uns zugeguckt haben. Mehr innerer Jubel, aber so was verbergen, ne, geht nicht. Nicht wenn der Jubel so groß ist. Immerhin sind sie gerade dabei gewesen, wie der Teufel aus dem Körper ihrer Tochter verjagt worden ist. Von mir, von Finn, dem Retter, dem Erlöser! Riesen Quark, klar, aber so ähnlich hat sich das für Edda und Eike vermutlich angefühlt. EDDA und EIKE! Haben mir tatsächlich das Du angeboten. So von wegen, weil ich ja jetzt schon ziemlich oft, bei ihnen, und Carla und ich, gewissermaßen ja so was wie Freunde – Zwinker, Zwinker – also jetzt mal nicht drum rum geredet:

»Ich heiße Eike.«

»Edda.«

Und ich, bisschen verdattert: »Finn, ich bin Finn.«

Eike gelacht, Edda gelacht, Carla genervt.

»Und im Sommer fahrt ihr dann zusammen in die Ferien, oder was?«

Eike gelacht, Edda gelacht.

Eike: »Auch eine Idee!«

Edda: »Bestimmt nicht, aber vielleicht habt ihr zwei ja Lust, was zusammen zu machen. Also wenn Finns Eltern das auch erlauben.«

O.k., Moment, ja, gute Idee, aber das ist doch unser Plan gewesen. Also nach Schritt 4. Schritt 4: alles öffentlich, Schritt 5: Ferienpläne, so war's ausgemacht. Zwischen Carla und mir. Und jetzt kommen ihre Eltern daher, und …

»Jetzt mal langsam«, hat Carla gesagt und ihre Stimme dabei ein bisschen Richtung empört gedreht, »ich gehe mit Finn in eine Klasse, da muss man ja nicht gleich zusammen in die Ferien fahren. Und außerdem: Finn hat gar keine Eltern.«

Hab zu ihr hingesehen, weil ich nämlich gerade gar nichts mehr kapiert hab. Aber dann hab ich so ein winziges Lächeln in ihrem Gesicht erkannt, eines, das man eigentlich gar nicht sehen kann, und da ist mir klar gewesen, dass auch das zum Plan gehört.

Carlas Eltern ganz still. Nicht wegen Urlaub oder so, bestimmt nicht. Aber keine Eltern: schlimm! Noch schlimmer: keine Eltern und danach gefragt haben. Eike: betroffen, Edda: schwerst betroffen. Ich: den Tränen nah. Klar, nur Fake, aber guter Fake! Eike jedenfalls ist aufgestanden und hat mir den Arm um die Schultern gelegt.

»Entschuldige, bitte«, hat er leise gesagt, »das haben wir nicht gewusst.«

Und Edda: »Ich muss mal rein, nach Micha schauen.«

Peinliche Stimmung, und als Carla gesagt hat, dass wir jetzt besser mal nach oben gehen, bin ich sofort von meinem Stuhl aufgesprungen, und keine Minute später sind wir nebeneinander auf ihrem Bett gesessen.

»Nicht schlecht!«, hat Carla gesagt.

»Hab wirklich traurig ausgesehen, oder?«

Carla hat gelacht.

»Mein ich nicht. Dass *sie* die Idee mit den Ferien hatten, das ist gut. Viel besser, als wenn *wir* damit angekommen wären.«

»Und jetzt?«

»Erst mal zappeln lassen! So lange, bis sie schon glauben, dass da doch nichts läuft.«

Carla ist aufgestanden und zum Fenster. Runter in den Garten geschaut. Gelacht.

»Es ist so verrückt. So komplett verrückt. Wir tun so, als ob wir was miteinander haben. Wir tun so, als ob wir nichts miteinander haben. Du machst einen auf trauerndes Waisenkind. Und alles nur, damit ich Ina im Sommer ein paar Wochen sehen kann. Und versau gleichzeitig dir den Sommer, weil du das ganze Spiel mitspielen musst.«

»Muss ich ja nicht.«

Carla hat sich zu mir umgedreht. Nicht mehr gelacht.

»Tust du aber. Und echt, so was hat noch nie jemand für mich getan.«

O. k., hab ich auch noch nie. Wie denn auch, bisher bin ich ja keinem einzigen lesbischen Mädchen begegnet. Zumindest keinem, bei dem ich's gewusst hätte. Und wenn ich's mir recht überlege, bin ich bisher noch nicht mal mit einem Mädchen befreundet gewesen. Weil all die, mit denen ich, ne, Freundschaft, nie! Schon gemocht, irgendwie jedenfalls, aber sonst? Und das erste, das ich mehr mag, mag nicht mehr als mögen!

»Egal«, hab ich gesagt, »mag dich halt.«

»Mag dich auch«, hat Carla erwidert und gelacht, »aber heiraten tu ich dich trotzdem nicht.«

»Aber wieso jetzt?«, hab ich gesagt und dabei einen auf enttäuschter Liebhaber gemacht. »Wir sind füreinander bestimmt. Das mit Ina geht vorbei, frag Edda und Eike!«

Carla ist auf einmal ganz ernst geworden und hat mich noch ernster dazu angesehen, so ernst, dass es eigentlich schon gar nicht mehr ernst gewesen ist.

Sie *(streng)*: »Du wärst mir immer treu?«

Ich *(lachend)*: »Aber natürlich, du kennst mich doch!«

Sie: »Und wirst unseren fünf Kindern ein guter Vater sein.«

Ich: »Fünf, sechs, sieben, ganz egal. Der beste, den du dir vorstellen kannst.«

Sie: »Du wirst mich auf Händen tragen, mir jeden Tag sagen, wie sehr du mich liebst, und Geld wie Heu nach Hause bringen?«

Ich *(entschlossen)*: »Ich werde hart für dein Glück arbeiten. Und wenn es nicht genug ist, werde ich noch härter arbeiten.«

Sie: »Affären? Also, ich natürlich!«

Ich *(streng)*: »Aber nicht mit Frauen!«

Sie *(empört)*: »Also bitte, ich bin doch nicht pervers! Kochen?«

Ich *(begeistert)*: »Meine Leidenschaft!«

Sie: »Einkaufen, Wäsche waschen, Müll runterbringen?«

Ich *(zögerlicher)*: »Ähm, ja, natürlich.«

Sie: »Reifen wechseln?«

Ich: »Männersache!«

Sie: »Bügeln?«

Ich *(vorsichtig, leise)*: »Vielleicht du?«

Carla *(empört)*: »Ich?«

Ich *(stammelnd)*: »Ja, also, ich meine, dass du vielleicht auch ...«

Carla *(kalt)*: »Ne, dann nicht! Auf so Macho-Allüren hab ich echt kein Bock. Bleib ich lieber bei Ina.«

Carla gelacht. Ich gelacht.

Ich: »Ende der Aufführung?«

Und Carla: »Eigentlich erst der Anfang.«

Dann bin ich gegangen. Kurzer Stopp noch unten an der Tür, weil Eike noch mal mit mir, also wegen Mam und Dad, und was denn da passiert sei, bestimmt ein Unfall. »Ja, Unfall«, hab ich geantwortet, weil bei Unfall anders als bei zweimal Krebs mit einem Wort eigentlich alles gesagt ist, und auf eine Lüge mehr oder weniger kommt's schon auch nicht mehr an.

Nach Hause gegangen. Zettel auf dem Küchentisch:

Lieber Finn, muss mit Dir reden.
Bist Du heute Abend zu Hause? Vicky

Kurz Herzstillstand. Schweißausbruch. Jetzt, hab ich gedacht, kommt also alles auf den Tisch. Warum sonst der Zettel? Vicky schreibt mir nie Zettel. Ein einziges Mal, und das war, als sie vor zwei Jahren notfallmäßig mit einem Blinddarmdurchbruch ins Krankenhaus musste, und sie wollte, dass ich Bescheid weiß. O. k., noch mal Blinddarmdurchbruch geht nicht, und ein anderer Notfall eigentlich auch nicht, sonst hätte das Ganze ja nicht Zeit bis abends. Aber eben doch irgendwie Notfall, weil ohne Notfall kein Zettel. Hab mir das so vorgestellt: Vicky hat den Brief vom Amt bekommen, so von wegen Zweitadoption und all dem Kram, und obwohl sie das ja auch vorher schon gewusst hat, erst mal: Schreck! Schreck, weil sie das lange selbst zur Seite geschoben hat. Finn, wird sie die ganze Zeit gedacht haben, ist ja noch so klein, machen wir später mal, später, wenn er groß ist. Dann vergessen. Oder so halb vergessen und halb nicht mehr dran denken wollen. Dann der Brief! *Finn ist ja noch so klein* geht nicht mehr, also raus damit, jetzt, oder nicht ganz jetzt, sondern erst noch mal ein bisschen warten und durchatmen. Heikles Thema, nur nichts überstürzen, jetzt keinen Fehler machen, günstigen Moment abwarten. Günstiger Moment nicht gekommen, Zettel. *Lieber Finn, muss mit Dir reden*, so oder so ähnlich wird's abgelaufen sein, und für den Abend hab ich mir schon mal überlegen können – ja was denn eigentlich? Wie ich darauf reagiere? Keine Ahnung wie man auf was reagiert, das man ja eigentlich schon weiß, und das man trotzdem irgendwie gerade eben erst erfährt. So richtig jedenfalls und das mit so beschissenen Worten wie *Finn, du bist jetzt alt genug* oder: *Finn, da ist was, was du noch nicht weißt* … anfängt.

O. k., vielleicht gut, dass ich dann endlich weiß, was Sache ist. Fühlt sich trotzdem an wie Cholera. Bin erst mal auf mein Zimmer und hab ein bisschen die Musik aufgedreht. Immer gut! Bläst den Kopf durch und bringt einen auf andere Gedanken. Klappt natürlich nicht immer, und wenn ich's recht bedenke, klappt's immer nur dann, wenn's um keine wirklich weltbewegenden Sachen geht. Chemie zum Beispiel. Oder darum, dass das Taschengeld alle ist, obwohl noch nicht mal der halbe Monat rum ist. Also eigentlich doch immer, weil's ja so gut wie nie um was wirklich Wichtiges geht. Außer heute eben.

Hab mich zur Musik ans Fenster gesetzt. Rausgeschaut. Auf Vicky gewartet. Halbe Stunde, Stunde, und wie ich da so gewartet und aus dem Fenster rausgesehen hab, ist auf einmal Tommy vor dem Haus aufgetaucht. Also vor und nicht im. Ist auf der anderen Straßenseite stehen geblieben und hat gewartet. Wie ich. Auf Vicky. Aber dann ist sie gekommen, und Tommy ist weiter stehen geblieben. Gewinkt ja, aber stehen geblieben. Klar, hab ich gedacht, will nicht dabei sein, wenn Vicky die Adoptionsgeschichte auspackt. Private Sache, ne, ne, hat Tommy zu ihr gesagt, mach mal alleine.

Musik aus, Schritte im Treppenhaus, Tür auf, Vicky!

»Hallo, Finn!«

»Hallo, Vicky!«

Komische Stimmung. Aber wie soll die Stimmung auch nicht komisch sein, wenn's gleich um alles geht. O. k., bin selbst eigentlich ganz cool gewesen. Vicky aber nicht. Hab ich gesehen. Hat jetzt nicht gezittert oder so, aber ich hab trotzdem gesehen, dass sie nervös ist.

»Finn, ich sag's lieber geradeweg heraus«, hat sie angefangen, und da bin ich auf einmal doch nicht mehr so cool gewesen. Herzklopfen. Knieflattern. Leise: »Ja?«

Vicky hat genickt.

»Gut«, hat sie gesagt, »wird dir vielleicht nicht gefallen, aber Tommy wird bei uns einziehen. Also richtig. Er wird hier wohnen.«

»Ach so, ich dachte«, hab ich rumgestammelt, »hab ihn schon gesehen, also drüben.«

»Wir müssen natürlich alle sehen, ob das funktioniert zu dritt, aber ihr werdet euch schon vertragen?«

Vicky hat gelacht. Mehr so verlegen als überzeugt, und weil mir nichts Besseres eingefallen ist, hab ich auch gelacht. Und echt, keine Ahnung ob mein Lachen genauso verlegen gewesen ist wie ihr's oder doch eher erleichtert. Erleichtert darüber, dass sich die Adoptiv-Adoptiv-Mama-Geschichte von einer Sekunde auf die nächste in eine Adoptiv-Papa-Geschichte verwandelt hat. Gut, jetzt nicht so richtig, weil natürlich Tommy niemals mein Papa werden wird. Soll er hier wohnen, o. k., aber ich fang jetzt bestimmt nicht an, zusammen mit ihm auf dem Sofa zu sitzen und Fußball zu gucken. Erleichtert, ja, bestimmt erleichtert, aber irgendwie auch enttäuscht. Ich meine, wann wenn nicht jetzt?

»Was ist?«, hat Vicky gefragt. »Alles in Ordnung bei dir?«

»Ja, klar«, hab ich geantwortet und dazu genickt, »von mir aus. Aber, also ich meine, da ist noch was anderes.«

»Was anderes?«

Genickt, durchgeatmet, noch mal genickt. Geklingelt! An der Wohnungstür.

»Das ist er, warte!«

Vicky zur Tür, geöffnet, und noch bevor ich Tommy gesehen hab, hab ich ihn schon gehört.

»Und«, hat er geflüstert, »wie hat er reagiert?«

Und Vicky: »Gut, glaube ich. Aber jetzt komm erst mal rein.«

Ja, und dann ist Tommy reingekommen und hat erst mal Sprüche gemacht. So von wegen, dass ich ein ganz toller Junge bin, ganz anders als all die anderen, die er in meinem Alter kennt, und dass es deshalb kein Wunder ist, dass ich und Vicky uns so gut, weil ja auch Vicky ganz anders …

»Ist schon o. k.«, hab ich irgendwann mitten in sein

Gesabbel hinein gesagt, »hab's kapiert«, und dann bin ich aufgestanden und in mein Zimmer gegangen, und was es nun wirklich mit dem Brief in Vickys Schublade auf sich hat, weiß ich noch immer nicht.

* * *

Am nächsten Morgen hab ich Vicky und Tommy nicht gesehen. Sie früh los, ich spät los, später als normal und eigentlich so spät, dass ich es gar nicht mehr pünktlich zur Schule hab schaffen können. Aber Lust auf Frühstück mit Vicky und Tommy? Ne, heute nicht! Aus dem Haus und sofort losgerannt. Die Straße runter, rechts in die Seestraße, dann links und wieder links, vorbei am Pinkelgrundstück mit Pinkelhund, noch mal ums Eck, Kai-Uwe Nazi! Steht auf einmal am Straßenrand, Beifahrertür offen und grinst mich an.

»Nehme ja normal nur gute Schüler mit, aber heute mache ich mal eine Ausnahme.«

Blöde Situation. Weil: zu spät, weil: Kai-Uwe Nazi, weil: erste Stunde Chemie! Und echt, was bleibt da noch für eine Ausrede, wenn man bei dem Lehrer zu spät kommt, der einem auf dem Schulweg die Tür aufmacht, um einen mitzunehmen. Ziemlich genau keine, würde ich mal sagen. Kurz nachgedacht, dann eingestiegen und fünf Minuten später mit Kai-Uwe auf dem Schulparkplatz eingefahren. Blöde Situation/Teil 2. Weil aus Kai-Uwes Auto auszusteigen, und alle kriegen es mit, ist ungefähr so peinlich, wie mit Kling Klong beim Federballspielen gesehen zu werden. Krok hat dann gleich mal den Hitlergruß gemacht und sich Zeige- und Mittelfinger als Bärtchen hingehalten. Natürlich erst, als Kai-Uwe um die Ecke gewesen ist, und als ich ihm gesagt hab, dass so was in Deutschland verboten ist, hat er nur gelacht. Nicht gerade der beste Beginn eines Schultags, würde ich mal sagen, aber das ist nur der Anfang gewesen!

Carla hat das mit Seeger komplett nicht interessiert, und in der ersten großen Pause sind wir wieder Hand in Hand über den Schulhof gelaufen. Hand in Hand zum Kiosk, Hand in Hand zur Wiese, Hand in Hand zurück ins Schulhaus.

»Weißt du, was mich wundert?«, hat Carla leise gesagt und mich hinter der Infosäule losgelassen.

»Nein, was denn?«

»Wenn ich irgendwas nicht kann, dann schauspielern. Und trotzdem glauben uns alle. Keine Ahnung, warum.«

Kurz gelacht, also ich.

»Vielleicht weil *ich* so ein guter Schauspieler bin.«

Kurz gelacht, Carla.

»So gut, dass sie dir abnehmen, dass du mit einem lesbischen Mädchen gehst?«

»Sieht so aus«, hab ich erwidert, »oder würdest du mir etwa nicht glauben?«

Kurz gelacht, beide. Dann: Eric! Keine Ahnung warum und woher, aber auf einmal hat er neben uns gestanden, und so wie er gegrinst hat, ist mir auf der Stelle klar gewesen, dass er da nicht erst seit einer Sekunde steht.

»Sieh an, sieh an«, hat er dann auch gleich losgelegt, »hätte mich auch sehr gewundert, wenn ihr wirklich was am Laufen habt. Weiß zwar noch nicht, warum dieser ganze Kinderkram, aber das krieg ich auch noch raus.«

»Na und, wen interessiert's«, hab ich gleich mal versucht in die Offensive zu gehen. Versuch gescheitert.

»Alle, würde ich mal sagen«, hat Eric nämlich prompt erwidert und mit so einer scheiß Großkotzgeste seinen rechten Arm ausgefahren und damit einmal quer durch die Aula gezeigt. »Hier und bei euch zu Hause vermutlich auch. Carlas Eltern, deine Tante Ficki, einfach alle. Und ruckzuck ist euer Plan für den Arsch!«

»Was für ein Plan denn«, hat's Carla neben mir noch mal mit »keine-Ahnung-wovon-du-redest« versucht, aber im selben Moment hat Eric auch schon eine Faust in seinem Bauch gehabt. Meine Faust! Einen auf Superarschloch machen, o. k., und damit zu drohen, alles rumzuerzählen, von mir aus. Aber zu Vicky Tante Ficki sagen, ne, Eric, so nicht!

»Scheiße, Arschloch, was soll das denn?«, hat er gestöhnt und sich vornübergebeugt den Bauch gehalten, und im Film hätt's jetzt noch mit dem Knie einen unters Kinn gegeben und dann k. o. Hat's aber nicht, kein Knie, kein K. o., und stattdessen ein leises »Das kriegst du zurück« von Eric und ein noch leiseres »Idiot« von Carla, und als ich mich zu ihr umgedreht hab, hab ich gesehen, dass auch das mir gegolten hat.

»Wie kannst du nur so komplett bescheuert sein?«, hat sie nach der Schule zu mir gesagt. »Jetzt quatscht Eric das alles aus, und wenn meine Eltern davon Wind bekommen, können wir einpacken.«

»Macht er schon nicht«, hab ich Carla versucht zu beruhigen, aber Carla hat sich nicht beruhigen lassen.

»Dir kann's ja egal sein«, hat sie mich angezischt, »für

dich steht ja nichts auf dem Spiel. Wahrscheinlich ist es dir am Ende sogar recht, wenn alles auffliegt, dann kannst du endlich wieder nach Herzenslust rumvögeln und musst keine Rücksicht mehr nehmen.«

Tiefschlag! Das mit Eric, o.k., vielleicht keine gute Idee. Aber mir deshalb, also zu unterstellen, ich würde, ich hätte, dass ich sogar mit Absicht …

»Gut«, hab ich gesagt, und mich auf mein Fahrrad gesetzt, »dann mach ich das jetzt.«

Losgefahren. Kein Wort mehr von Carla, kein Wort mehr von mir! Kein Tschüss, kein gar nichts. Und wo es kein Tschüss gibt, gibt es auch keinen *Plan 4* mehr. Sag ich jetzt mal so. Weil wie wir das hier wieder geradebiegen wollen, keine Ahnung, echt!

»Respekt!«

Erst mal Wochenende. Normalerweise nicht so mein Ding, aber wenn alles gerade ein bisschen aus dem Ruder läuft, ist Wochenende nicht das Schlechteste. Gut, nicht anzunehmen, dass Eric meine Faust in seinem Magen bis Montag vergessen hat, und auch nicht, dass Carla das alles gar nicht mehr so schlimm findet. Machen wir halt einen anderen Plan, Finn, ist doch kein Problem, und wenn das mit Ina wegen deiner kleinen Klopperei nicht klappt, was soll's? Einen Scheiß wird sie, weil: Es gibt keinen anderen Plan. Und wenn das mit Ina wegen meiner Eric-Aktion nicht klappt, also dann hab ich aber den Rest meines Lebens bei ihr verschissen. Trotzdem: zwei Tage. Zwei Tage um nachzudenken, und zwei Tage nachdenken ist immerhin besser als nichts. Na ja, so ein bisschen besser halt, aber auch nur dann, wenn einem was einfällt. Fällt mir aber nicht! Bis jetzt jedenfalls.

O. k., könnte zu Eric gehen und mich bei ihm entschuldigen. Entschuldige bitte, Eric, dass ich dir eine reingehauen hab, nur weil du uns belauscht und Vicky und Ficki verwechselt hast. Kann doch mal passieren, Eric, echt jetzt, und dafür eine in den Magen, ne, das hast du nicht verdient. Problem 1: glatte Lüge! Problem 2: Er glaubt mir kein Wort! Problem 3: Eric weiß genau, dass da mehr für ihn drin ist. Mehr als eine Entschuldigung, die zehn Meilen gegen den Wind stinkt und für die er sich noch nicht mal nen Kaugummi aus dem Automaten lassen kann. Ne, ne, Finn, so billig kommst du mir nicht davon, da muss schon was anderes her! Aber was?

Kann natürlich auch sein, Eric macht einen voll auf Erpressung. So mit Kohle her, sonst weiß es morgen jeder. Hunderter von mir, Hunderter von Carla, wäre nicht das erste krumme Ding, das Eric dreht. O. k., bisher waren es nur ein paar miese Deals mit Panini-Bildern, und eine Zeit lang hat er auf dem Schulhof Geld verliehen und wollte es dann mit Hammer-Zinsen wieder zurück. Aber vielleicht ist Erpressung jetzt einfach die nächste Nummer, jeder Gangster hat schließlich mal klein angefangen. Kann sein, dass bei Carla ein Hunderter drin wäre. Ihr Haus ist zwar nicht riesig, aber der Garten schon, und ein bisschen nach Kohle sieht mir das schon aus. Kann aber auch sein, dass Eike und Edda eher so die Knappen sind. Also was Carla angeht, und dass das Taschengeld eher auf Krok-Level liegt, der von seinen Eltern so ziemlich gar nichts kriegt, und wenn, dann muss er jeden Euro einzeln zu Hause abrechnen. Aber selbst wenn bei Carla was zu holen ist, bei mir: niente! Klar, bekomme schon Taschengeld von Vicky, Fünfziger pro Monat, nur dass davon jemals was übrig geblieben wäre, was ich jetzt mal so locker aus dem Sparschwein ziehen könnte, ne, is nicht.

* * *

Am Abend hab ich Carla geschrieben. Also Samstag jetzt, nicht Freitag. Ein Tag komplettes Schweigen, und gut, wenn ich ehrlich bin, hab ich gedacht, dass *sie* irgendwann wieder Kontakt aufnimmt. Schon klar, das mit Eric war nicht gerade ne Meisterleistung oder so, und wenn's einer verkackt hat, dann ich. Aber auch klar: Wenn für jemand was auf dem Spiel steht, dann für Carla. Und wenn für einen so viel auf dem Spiel steht, muss man vielleicht nicht komplett einen auf übergeschnappt machen, wenn einer mal was verbockt. Trotzdem keine Nachricht, den ganzen Freitag nicht und Samstag das Gleiche in Grün, aber als *ich* ihr eine Nachricht auf WhatsApp geschickt hab, hat's keine Minute gedauert, bis von ihr was zurückgekommen ist. Gerade so, als hätte sie den ganzen Tag auf nichts anderes gewartet.

Ich: *sorry, war nicht so gut. aber eric hält dicht. trotzdem.*

Sie: *woher willst du das wissen?*

Ich: *weiß ich halt.*

Sie: *nen scheiß weißt du!*

Ich: *lass mich mal machen.*

Sie: *eric ist ein drecksack!*

Ich: *morgen geh ich zu ihm.*

Sie: Schweigen. Keine Antwort.

Ich, noch einmal: *echt, ich geh zu ihm*, und wie ich's so ein zweites Mal geschrieben hab, hab ich's fast schon selbst geglaubt. Anders als Carla, weil auch beim zweiten Mal: Schweigen. So wie den Rest des Samstagabends und auch den nächsten Morgen, und dass ich, als ich um zehn tatsächlich losgegangen bin zu Eric, so ziemlich überhaupt keinen Plan im Gepäck gehabt, hat die Sache nicht gerade besser gemacht.

Vicky und Tommy haben noch geschlafen oder sonst was gemacht, auf alle Fälle ist die Tür zu ihrem Zimmer zu gewesen und dahinter alles still. Wahrscheinlich die halbe Nacht durchgevögelt, hab ich bei mir gedacht, aber als ich draußen auf der Straße gerade um die erste Ecke gebogen bin: Vicky und Tommy! Also in echt, Hand in Hand und in so komischen Wanderklamotten, die ich an Vicky noch nie gesehen hab. Wobei: Ihre Schuhe haben sie gar nicht angehabt, sondern an den Schnürsenkeln zusammengebunden über der Schulter getragen. Und dabei so getan, als wäre es das Normalste auf der Welt, am Sonntagmorgen mit umgehängten Wanderschuhen durch die Straßen zu laufen. Haben mich erst gar nicht gesehen, irgendwann aber doch, und dann: großes Strahlen!

»So früh schon unterwegs?«, hat Tommy mir gleich mal entgegengerufen und Vicky: »Da muss es ja was richtig Wichtiges geben.«

»Ja, klar, also nein, eigentlich nicht«, hab ich rumgestottert, und als ich schließlich vor den beiden stehen geblieben bin: »Es ist nur, Eric und ich, wir haben da was zu besprechen.«

Tommy gegrinst, Vicky gelacht.

»So, so, ihr habt was zu besprechen«, hat sie gesagt und so komplett bescheuert dazu die Augen gerollt, dass ich für einen Moment nicht mehr gewusst hab, warum ich sie sonst eigentlich immer so super finde.

»Ich glaube, mehr bekommen wir dazu nicht aus ihm heraus«, hat sich Tommy eingemischt, und ja, stimmt, mehr kriegt ihr aus mir nicht raus! Wie denn auch? Kann ja schlecht sagen, dass es da, also sozusagen Schlägerei, wegen Tante Ficki, und auch nicht, dass ich deswegen bei Eric jetzt wieder gut Wetter machen muss, weil der sonst nämlich die Sache mit Carla und mir auffliegen lässt und unseren Plan mit Sommercamp und Ina gleich mit.

»Und wo kommt ihr her?«, hab ich stattdessen gefragt, und da ist bei Vicky und Tommy das Strahlen erst richtig losgegangen. So von wegen »Wanderung im Morgengrauen«, »den jungen Tag begrüßen« und die »Sonne hinter den Bergen aufgehen sehen«.

»Aha«, hab ich gesagt, und dann noch »Welche Berge?«, aber die beiden haben mich gar nicht gehört und einfach weitergestrahlt, und wenn sie mir im nächsten Moment noch was von Wichteln und Elfen erzählt hätten, mit denen sie Ringelreihen über die Tauwiesen getanzt haben, hätt's mich schon auch nicht mehr groß gewundert. Sind echt komplett durch den Wind gewesen, so, als hätten sie beim Warten auf den Sonnenaufgang ordentlich was durchgezogen. Und wer weiß, vielleicht ist Tommy ja so ein Altkiffer, der immer was dabeihat, und dass er eigentlich so gar nicht nach Drogen aussieht, heißt erst mal gar nichts.

Hab die beiden dann irgendwann einfach stehen lassen in ihrem Morgenglück und bin weiter, weiter zu Eric, und so wie der ausgesehen hat, als er endlich die Tür aufgemacht hat, ist der auch die halbe Nacht auf Tour gewesen. Wahrscheinlich nicht mit Wanderung im Morgengrauen und Sonne begrüßen wie Vicky und Tommy, aber ein bisschen rumgekifft hat er bestimmt auch. Macht Eric, manchmal jedenfalls, und in letzter Zeit sogar öfter, und einmal hab ich mich sogar überreden lassen und mitgeraucht. Aber echt, Kiffen ist nicht mein Ding. Jetzt nicht so von wegen, ui-ui, sehr gefährlich, wird man doof im Kopp von, ne, schmeckt mir einfach nicht. Ich meine, ich rauch ja auch sonst nicht, und wenn ich breit werden will, trink ich lieber zwei, drei Bier. Ist jetzt aber auch nicht so wirklich mein Ding, aber egal, andere Baustelle. Eric! Tür auf, Gesicht verquollen, verdrecktes T-Shirt an, erst gar nicht gecheckt, wer da vor ihm steht. Noch nicht mal dann, als ich »Hi, Eric« zu ihm gesagt hab. Also nicht gleich jedenfalls, dann aber doch, weil so ganz doof im Kopp wird man vom Kiffen ja jetzt auch wieder nicht. »Scheiße!« gesagt. Also Eric, nur das: »Scheiße!«

»Wegen Freitag«, hab ich gesagt, »ich meine, ich wollte nur noch mal ...«

»Was für'n Freitag«, hat Eric erwidert, als hätte er jetzt doch Totalausfall, aber noch bevor ich Hoffnung schöpfen konnte, hat er auf einmal gelächelt.

»Und jetzt kommst du hier am Sonntagmorgen angekrochen, weil euch der Arsch auf Grundeis geht, dass ich euer kleines Geheimnis ausplaudere, ja?«

Kurz gezögert. O.k., vielleicht auch ein bisschen länger. Lang genug jedenfalls, dass Eric gleich mal noch einen draufgesetzt hat.

»Und«, hat er gesagt, »was hast du anzubieten? So ganz für umsonst halt ich jedenfalls nicht meine Klappe.«

Eric hat gelacht, und irgendwie hat sein Gesicht dabei noch abgestürzter ausgesehen als vorher.

»Geld hab ich jedenfalls nicht, wenn du das meinst«, hab ich geantwortet, und eigentlich hab ich damit gerechnet, dass er als Nächstes sagt, dass ich mir halt welches besorgen soll. So wie im Krimi. Hat er aber nicht und stattdessen »Seh ich aus wie ein Erpresser« gesagt.

Ich: »Ne, siehst du nicht.«

Er: »Dann laber nicht so einen Dreck. Vielleicht glaubst du's nicht, aber Geld interessiert mich einen Scheiß.«

O.k., Eric, glaub ich in der Tat nicht. Glaub ich kein bisschen, weil das mit deinen kleinen Geldgeschäften auf dem Pausenhof, also so lang ist das noch nicht her, und dass du seitdem auf einmal, ne, glaub ich auch nicht. Hab natürlich schön die Klappe gehalten. Immer besser, wenn man schlechte Karten hat, und so, wie Eric einen auf Hackfresse gemacht hat, gleich zweimal.

»Würd mich ja schon interessieren, was ihr beide da am Laufen habt«, hat Eric gesagt, »doch, echt jetzt!«

Er hat sich ans Geländer neben der Haustür gelehnt und mich angeguckt. Irgendwie gar nicht mehr so schlecht gelaunt wie vorher, aber jetzt auch nicht freundlich oder so. Eher so – herausfordernd. Rück raus, Finn! Und zwar die ganze Geschichte, von vorne bis hinten, sonst, du weißt schon, hängt's morgen am Schwarzen Brett. Also doch Erpressung, hab ich gedacht, nur halt nicht mit Geld, und genau in dem Augenblick hat er's gesagt. Genau das, was ich gerade gedacht hab, gerade so, als würden mir meine Gedanken in Großbuchstaben auf der Stirn stehen.

»Rück's raus, Finn«, hat Eric gesagt, »ich frag dich kein zweites Mal.«

»Aber das ist ja doch Erpressung.«

Eric hat kurz mit den Schultern gezuckt.

»Klar, aber ohne Geld ist's nur ne kleine. Und kleine zählen nicht!«

O. k., miese Situation. Vielleicht noch mieser als richtige Erpressung. Eigentlich ja keine große Sache. Also für mich. Also erzählen. Aber für Carla? Vielleicht große Sache, riesengroße Sache. Vertrauensbruch. Ausgerechnet Eric, jedem anderen, aber nicht Eric! Vielleicht auch: kein Problem. Solange er dichthält … solange der Sommer mit Ina … solange niemand sonst …

»Weiß nicht, ob Carla das so recht wäre«, hab ich vorsichtig erwidert, und da hat Eric auf einmal einen auf superverständnisvoll gemacht.

»Aber natürlich«, hat er gesagt, »das kannst du nicht über Carlas Kopf hinweg entscheiden. Ist ja auch ihre Geschichte, also da müsstest du natürlich erst mal …«

Weiter ist Eric nicht gekommen, weil er nämlich auf einmal in schallendes Gelächter ausgebrochen ist. Hat sich gar nicht mehr eingekriegt und dabei immer wieder mit der flachen Hand auf das Geländer neben der Haustür eingekloppt.

»Sehr witzig«, hab ich gesagt, »wirklich, sehr witzig.«

Eric wieder ernst. Also nicht richtig, eher so gespielt, und zwischendurch haben immer mal wieder seine Mundwinkel gewackelt, so, als ob's gleich wieder losgehen würde. Ist's aber nicht. Und stattdessen hat Eric »Schieß los!« gesagt, und da, also da hab ich's ihm halt erzählt. Eben dass Carla wirklich lesbisch ist und das mit uns nur ein Fake, damit ihre Eltern … blabla … und von Ina natürlich und von den Sommerferien, in die wir zusammen fahren wollen, damit Carla und Ina, die ganze Geschichte eben, und als ich fertig gewesen bin, hab ich als Erstes gedacht: Scheiße, Fehler! Jetzt, wo Eric alles weiß, hat er uns endgültig in der Hand. Riesenfehler, weil Carla den Sommer endgültig knicken kann. Riesenriesenfehler, weil mir Carla den Riesenfehler nie verzeihen wird. Jetzt gleich, hab ich gedacht, gleich kommt Erics fieses Grinsen, und dann weiß ich, was die Stunde geschlagen hat. Ist es aber nicht. Also gekommen. Also das Grinsen. Und stattdessen hat Eric auf einmal ganz ernst und nachdenklich ausgesehen.

»Krasse Geschichte!«, hat er schließlich gesagt. »Und ihre Eltern sind wirklich wegen dem Mädchen weggezogen?«

»Sind sie«, hab ich mich beeilt zu erwidern, »und jetzt denken sie eben, dass ich Carla geheilt habe.«

Eric gelacht.

»Finn, der Lesbenflüsterer! Wer ist denn so bescheuert, so was zu glauben.«

»Edda und Eike.«

Eric hat noch einmal gelacht.

»Na, bei den Namen wundert mich nichts mehr. Edda und Eike, die lesen sich statt zu ficken abends wahrscheinlich irgendwelche Psalmen aus der Bibel vor.«

Eric hat mit dem Kopf so einen leichten Ruckler in Richtung Tür gemacht, und paar Minuten später haben wir bei ihm im Zimmer nebeneinander auf dem Teppich gesessen und gegen die Wand gelehnt.

»O. k., dass das mal klar ist: Ich kann Carla nicht leiden. Wie sie mich im Pausenhof vor allen abserviert hat, das vergess ich ihr nicht. Und du? Na ja, weiß nicht, war jetzt auch nicht alles erste Sahne, und eigentlich kann ich dich auch nicht mehr leiden. Aber trotzdem ...«

»Trotzdem was?«

Eric hat mich kurz angesehen und dazu genickt.

»Respekt!«

Ich hab drauf gewartet, dass er gleich zu lachen anfängt und dass das mit dem Respekt auch wieder nur ein Witz war, aber Eric hat gleich noch einen drangehängt.

»Echt jetzt, ich hätte das nicht gemacht. Kein Mädchen, also für ein paar Monate, also kein richtiges, ne!«

»Carla ist ein richtiges Mädchen.«

Eric hat sich zu mir umgedreht und mich ein bisschen entgeistert angesehen.

»Aber machen darfst du mit ihr doch nichts, oder?«

»Wir haben uns geküsst«, hab ich erwidert, und da hat Eric doch noch gelacht: »Ja, vor ihren Eltern und ohne Zunge. Alter, das ist schlimmer als nicht geküsst.«

»Ist es nicht!«

»Ist es doch!«

»Hältst du dicht?«

Eric hat die Beine angezogen und sie mit seinen Armen umfasst. So ist er ein paar Sekunden lang dagesessen und hat gar nichts gemacht. Nachgedacht vielleicht. Obwohl, so richtig nachgedacht hat er, glaube ich, nicht. Eher spontan das Ganze. Umgedreht, zack, Faust in meinen Magen, fertig!

»Scheiße«, hab ich geflucht und mich vor Schmerzen gekrümmt, »was war das denn?«

»Jetzt sind wir quitt«, hat Eric ganz ruhig erwidert, und dann: »Zisch ab, ich will wieder schlafen.«

Bin ich dann auch, abgezischt. Zurück nach Hause, zurück ins Bett. Schließlich ist es gerade mal elf gewesen, und sonntags um elf darf man sich ruhig noch ein bisschen ausruhen. Besonders, wenn man das Wichtigste des Tages schon erledigt hat!

* * *

Ein bisschen hat Carla schon geschluckt, dass ich Eric alles erzählt hab. Gut, ich hab die Geschichte ein bisschen umgedreht. Also erst der Schlag in den Magen und dann die Story, hat einfach dramatischer geklungen, und echt jetzt, so viel Freiheit muss schon sein.

»So ein Drecksack«, hat Carla gesagt, »am liebsten würde ich ihn gleich noch mal zusammenfalten!«

»Lieber nicht«, hab ich mich beeilt zu erwidern, »sonst kannst du den Sommer endgültig knicken«, und das hat Carla dann auch so gesehen.

Und außerdem, von wegen Drecksack und so: Inzwischen sind schon fast zwei Wochen vergangen, seit ich bei Eric gewesen bin, und noch immer: kein Wort. Also kein Wort zu den anderen. Und auch kein Wort zu Carla. Dafür zu mir, und das nicht zu knapp. Im Großen und Ganzen immer das Gleiche. Mit wem er sich am Nachmittag trifft oder, schlimmer noch, mit wem er sich am Nachmittag getroffen hat. Mit allen Einzelheiten, und auch wenn garantiert die Hälfte von seinen Knutsch- und Bettgeschichten frei erfunden ist, bleiben immer noch die, die stimmen. Isabel, Elisa, Uma, Josi, Lena und Maria, alle aus der Elf, und selbst wenn nur eine einzige stimmt, ist das hundert Prozent mehr als bei mir. Halt, nein, hundert

Prozent von null ist ja immer noch null, aber egal, mehr halt, mehr als null, und weil auch eine Mathe-Pfeife wie Eric weiß, dass eins mehr als null ist, zieht er die Sache durch. Jeden Tag.

* * *

Carla bringt mir Karate bei. Immer nach der Schule und immer bei ihr im Garten. Also wenn ihre Eltern nicht da sind, und das ist in letzter Zeit ziemlich oft der Fall. Geradeso, also ob Edda und Eike denken, sie müssten nicht mehr ganz so auf Carla aufpassen, seitdem ich im Spiel bin. Karate ist cool, aber auch verdammt schwierig. Vor allem, die Schläge und Tritte immer so rechtzeitig abzubremsen, dass man den anderen nicht richtig erwischt. Klar, Carla hat das drauf, und obwohl wir gestern zwei Stunden am Stück trainiert haben, bin ich ohne einen einzigen blauen Fleck nach Hause gegangen. Carla selbst hat da schon ein bisschen mehr einstecken müssen, und einmal ist sie sogar fast k. o. gegangen. Hab ihr so voll in die Seite reingekickt, ohne Bremsen eben, und da hat sie erst mal ein paar Minuten durchschnaufen müssen, bevor's weitergegangen ist.

»Kann passieren«, hat Carla gesagt, und dass das am Anfang einfach andauernd passiert, und dass ich doch einfach mal mitkommen soll zum Training. Also zum richtigen, Schnuppertag, und echt, überleg ich mir. Nicht dass ich vorhab, Eric jetzt auch auf dem Schulhof plattzumachen, wenn er mir das nächste Mal blöd kommt. Aber wer weiß, irgendwann kann man's vielleicht mal brauchen und wenn nicht, ist's immer noch ein cooler Sport. Das mit Eric hat Carla übrigens von Ina. Also so von wegen plattmachen, nur dass es bei Ina um ein bisschen mehr gegangen ist, als um ein paar Krümel und einen Tetra Pak Milch. So wie's Carla erzählt hat, wollte ihr nämlich ein Typ beim Tanzen in der Disco an die Wäsche, so richtig, mit Angrabschen und Hand unterm Shirt. Macht er vermutlich so schnell nicht noch mal, es sei denn, er steht auf gebrochene Rippen. Die hat er danach nämlich gehabt, gleich drei auf einmal, knack, knack, knack, sauber durch, und nur deshalb haben sich Carla und Ina überhaupt kennengelernt. Eben weil Carla auch in der Disco war und sie Ina nach ihrer Karate-Show angequatscht hat, und »eigentlich«, sagt sie, »hab ich da schon gewusst, dass sie es ist.«

Ach ja, Micha ist auch im Garten gewesen, also bei unserem Karatetraining. Hat sich halb totgelacht über unsere Hampeleien. Fast so wie damals, als wir uns geküsst haben. Nein, mehr, und zusätzlich hat er auch noch total wild mit den Armen gezappelt, und wer Micha nicht kennt, hätte wahrscheinlich gedacht, krass, voll schlimm wie der da rumwackelt. Hätt ich vielleicht auch, früher, aber jetzt, wo ich Micha wenigstens ein bisschen kenne, weiß ich, dass Zappeln Freuen ist. Und weil es Freuen bei Micha nicht so oft gibt, hab ich mich auch gefreut, und gleich noch ein bisschen wilder gemacht. So wild, dass ich bei einem Kick das Gleichgewicht verloren hab und auf die Nase geflogen bin, und da hat es bei Micha endgültig kein Halten mehr gegeben.

»Er mag dich«, hat Carla gesagt, als wir später total

verschwitzt auf der Terrasse gesessen und Eistee getrunken haben.

»Vielleicht mag er einfach jeden, der in der Luft rumfuchtelt und dabei hinfliegt«, hab ich erwidert, aber das hat Carla nicht gelten lassen.

»Ina mag er zum Beispiel nicht, und die kann noch viel lustiger als du!«, und bevor ich noch irgendwas hab erwidern können, hat sie hinzugefügt: »Hat echt keinen guten Stand bei uns.«

Dann hat Carla kurz gelacht, und im selben Moment sind ihre Eltern heimgekommen. Große Freude, wie immer wenn ich bei Carla bin. Guter Stand eben, und klar, immer gut, wenn man irgendwo einen guten Stand hat. Nur irgendwie würde ich bei Eike und Edda auch gerne drauf verzichten. Weiß ja gar nicht, ob sie mich wirklich mögen, oder eben nur weil ich Carlas Retter bin. Nein: weil sie denken, dass ich Carlas Retter bin. Dass ich der bin, der sie zurück auf den Pfad der Tugend geführt hat. Sagt man doch so, oder? Aber echt: Auf so ein Mögen kann ich gerne verzichten. Und auf den Pfad der Tugend gleich zweimal. Zumindest, wenn es der ist, den Eike und Edda meinen.

»Nur so ein Gefühl«

Noch eineinhalb Wochen bis zu den Sommerferien. Eigentlich alles auf Kurs. Alles außer Schule. Genau gesagt: alles außer Französisch, und wenn Kai-Uwe mir nicht noch eine Gnaden-Vier gibt, kann ich ab September ne Extra-Runde drehen. O. k., Chemie-Vier ginge auch, aber die Gnade, mich von 5,2 auf 4,5 hochzukicken, ne, die gibt's nicht.

Hab Vicky schon mal vorbereitet, aber Vicky sieht das locker.

»Bin früher auch mal sitzen geblieben«, sagt sie, »und aus mir ist trotzdem was geworden.«

Kein Stress zu Hause also. Gut, klar, aber sitzen bleiben will ich trotzdem nicht. Macht die Sache mit den Mädchen schwieriger. Also wenn man nach oben schielt, in die oberen Klassen, da kommt's einfach nicht so gut, wenn man noch bei den Pickelgesichtern rumsitzt. Und außerdem würde ich schon gerne weiter mit Carla in einer Klasse sein. Hat sich ein bisschen am Riemen gerissen und irgendwann aufgehört damit, leere Blätter abzugeben, und weil sie die Schule ja eh ziemlich draufhat, geht sie locker in die Elf.

Das Ferienlager, das wir uns ausgesucht haben, liegt übrigens im Harz. Krasse Urlaubsgegend. Also wenn man noch nicht achtzig ist. Ich meine, kein Mensch, der noch laufen kann und irgendwie bei Verstand ist, kommt auf die Idee, Urlaub im Harz zu machen. Na gut, wir schon, und ein paar Hundert andere auch. Aber immerhin, wenn man die Kommentare im Netz zu dem Camp liest, sind die da alle ziemlich locker drauf. Gut für Carla und Ina. Und gut für mich! Nehm meine Gitarre mit, und wenn nicht alles schiefläuft, fahre ich nach vier Wochen auch nicht ganz unglücklich nach Hause.

Edda und Eike sind schon ganz zappelig. Irgendwie sind sie jetzt doch nicht mehr so wahnsinnig für unseren Urlaub. O.k., sie denken, mit Carla ist alles wieder in Ordnung. Aber jetzt haben sie Angst, dass sie schwanger wird. Edda und Eike haben die Kommentare nämlich auch gelesen, und dass es im Camp ziemlich locker zugehen soll, ist nicht so ganz nach ihrem Geschmack. Seitdem: ernste Gespräche! Zum Glück nur mit Carla und nicht mit mir. Über den »Schutz vor ungewollter Schwangerschaft«, ihre Worte, echt jetzt.

»Weiß jetzt komplett alles über Empfängnisverhütung«, hat Carla gestöhnt. »Und sie haben wirklich geglaubt, dass ich davon keine Ahnung hab. Ich meine, ich bin sechzehn!«

»Na ja«, hab ich erwidert, »sind ja noch nicht so viele Jungs bei dir aufgetaucht.«

»Und wenn man lesbisch ist, hat man davon keine Ahnung, oder was? Mann, du bist ja schlimmer als sie!«

Carla sagt, dass ich auch noch fällig bin. Also bei ihren Eltern. So von wegen letzte Instruktionen! Und seitdem mache ich um ihr Haus einen ziemlich großen Bogen.

* * *

Hab übrigens Ina kennengelernt. Also nicht in echt natürlich, aber über Skype. Bei mir! War erst ein bisschen komische Stimmung, so von wegen »Ina, das ist Finn, Finn, das ist Ina«, krass förmlich irgendwie, und ich hab gemerkt, wie unangenehm Carla die Situation gewesen ist. Ina hat ziemlich gehustet, ist sonst aber eigentlich ganz cool gewesen.

»Das ist also unser Hero«, hat sie gesagt und dazu gelacht, und ich weiß nicht warum, aber da hat Carla angefangen, mich vor ihr schlechtzumachen. Also jetzt nicht gedisst oder so, aber besonders nett hat das alles nicht geklungen. So von wegen, dass sie froh ist, wenn das jetzt bald ein Ende hat, und dass ich so ein krasser Mädchen-Aufreißer bin und auch, dass mich Edda und Eike in ihr Herz geschlossen haben. O. k., klingt jetzt vielleicht nett, also das mit Edda und Eika. Klingt aber nicht nett, wenn es so klingt wie bei Carla. Eher so, als ob Edda, Eike und ich jetzt dicke Kumpels wären, und ehrlich: Wer will mit Edda und Eike schon dick Kumpel sein?

»Wir sehen uns ja dann bald«, hat Ina zum Abschied zu mir gesagt, und dann hat mich Carla aus dem Zimmer geschickt, weil sie mit Ina noch ein bisschen allein skypen wollte. Aus meinem Zimmer, wohlgemerkt! O. k., hat wenigstens nicht lang gedauert, weil Ina am Schluss nur noch gehustet hat, und da haben sie lieber Schluss gemacht.

»Ganz nett«, hab ich zu ihr gesagt, als ich wieder in mein Zimmer durfte, »wirklich, ich finde sie nett.«

»Ganz nett?«, hat Carla entgeistert zurückgefragt. »Kann man über Ina was noch Bescheuerteres sagen? Sie ist das Süßeste, das man sich überhaupt vorstellen kann!«

»Und wieso dann *Bad chick*?«

Carla gelacht.

»Das ist ne andere Geschichte. Spielst du's noch mal?«

Hab mich ein bisschen geziert, so wie ich's immer tue. Aber dann hab ich mir die Gitarre von der Wand genommen und wie ich gerade anfangen wollte, sie zu stimmen, hat Carla mir die Hand auf den Arm gelegt.

»Spiel es so. Wenn es ein bisschen schief klingt, um so besser.«

»O. k.«, hab ich gesagt und angefangen, und als ich gerade beim ersten *mein chick ist so bad* gewesen bin, ist Carla mit eingestiegen. Was heißt eingestiegen, sie hat *Bad chick* gesungen, wie ich noch nie jemand *Bad chick* hab singen hören. Zehn Klassen besser als ich und ehrlich, sogar besser als Cro. Irgendwie dreckiger, und dreckig kommt echt gut bei *Bad chick*. Bin dann irgendwann ausgestiegen, also mit Singen, und hab Carla allein weitermachen lassen. Nur noch dazu Akkorde geschrammelt, und dass ich jeden zweiten verhauen hab, ist eigentlich fast egal gewesen.

»Geile Stimme«, hab ich gesagt, als wir fertig gewesen sind, aber Carla hat davon nichts wissen wollen.

Stattdessen ist sie aufgestanden und hat gesagt, dass sie jetzt nach Hause geht und dass sie irgendwie kein gutes Gefühl hat.

»Was meinst du mit *kein gutes Gefühl?*«, hab ich gefragt und Carla: »Weiß nicht. Nur so ein Gefühl.«

»Aha«, hab ich geantwortet und dabei versucht, bisschen einen auf lustig zu machen, »du hast also ein Gefühl, dass du kein gutes Gefühl hast.«

Carla hat kurz genickt und ist mit zwei Schritten an der Tür gewesen.

»Mach dich nicht lustig, o.k.?«

»Mach ich nicht.«

»Machst du doch!«

Dann ist sie gegangen.

* * *

Am nächsten Morgen hat Carla gefehlt.

»Weiß jemand was?«, hat Kai-Uwe vor dem aufgeklappten Klassenbuch in die Runde gefragt. Niemand, klar, außer mir hat ja keiner Kontakt zu Carla, also privat jetzt. Und ich hätt auch nur sagen können, dass sie gestern kein gutes Gefühl gehabt hat.

Kai-Uwe: Wie, kein gutes Gefühl?

Ich: Keine Ahnung. Kein gutes Gefühl halt.

Kai-Uwe: Hat sie ihre Tage oder was? Haha!

Kai-Uwe-Schwachsinn eben und deshalb: nichts gesagt. Aber dafür hab ich ihr in der Pause kurz ne Nachricht geschickt. Gefragt halt, was los ist, und als sie geantwortet hat, stand da genau ein Wort: *lungenentzündung*. Gleich gewusst, dass nicht Carla, sondern Ina. Auch gewusst: Lungenentzündung, fiese Sache. So fies, dass das nicht gleich wieder verschwindet. So superfies, dass man damit seine Sommerferien vergessen kann. Schon klar, am schlimmsten ist das für Carla und Ina, weil sie sich dann eben nicht sehen können und auch sonst nichts.

Aber irgendwie kacke auch für mich. Ich meine, die ganze Zeit einen auf Liebespaar machen, obwohl da nichts ist. Die ganze Zeit nichts mit anderen Mädchen. Und dann auch noch Eric in den Arsch kriechen. Und das alles für nichts?

Nach der Schule zu Carla gefahren. Fehler! Carla nicht da, dafür Edda und Eike. Bin gleich mal ins Wohnzimmer abgeschleppt worden, aufs Sofa, »Mach's dir bequem!«, »Willst du was trinken?«, so was halt. Hab natürlich gewusst, was als Nächstes kommt. Ist's dann auch, aber mehr so auf Umwegen. Erst mal Schule, Gitarre, Berufspläne, Lieblingsessen, Lieblingsband, echt so ziemlich alles, was man gefragt werden kann. Alles außer Eltern, da haben sie, glaube ich, Schiss vor gehabt. Aber dann ist sie gekommen: die Masterfrage!

»Wirklich«, hat Eike gesagt, »wir freuen uns total, dass du und Carla, dass ihr zusammen seid. Aber natürlich machen wir uns auch Sorgen.«

Gut, hätte ihnen die Sorge natürlich schnell nehmen können, aber geht ja nicht. Und so ist aus »Keine Angst, miteinander schlafen ist bei uns nicht« »Keine Angst, ich kenn mich mit Verhütung aus« geworden. Gesagt und gleich gemerkt: schlechte Antwort! Stirnrunzeln bei Edda, nervöses Fingergeknibbel bei Eike.

»So«, hat Eike als Erster seine Sprache wiedergefunden, »du hast also eine Menge Erfahrung.«

»Ja, ich meine, nein, nur so ein bisschen, gar nicht richtig«, hab ich rumgestottert, »also eher so theoretisch jetzt.«

Stirnrunzeln bei Eike, nervöses Fingergeknibbel bei Edda.

Eike: »Theoretisch, so, so!«

Ich: »Praktisch, ja! Also praktisch nur theoretisch, meine ich.«

Und Edda: »Wir waren gar nicht sicher, ob ihr schon … also Carla war da, wie soll ich sagen, ein bisschen ausweichend.«

Edda und Eike haben sich angesehen, und so ein bisschen hat ihr Blick nach *das mit euren Ferien müssen wir uns vielleicht noch mal überlegen* ausgesehen. O. k., wenn Ina nicht gesund wird, scheiß drauf! Aber wenn doch?

»Nein, nein«, bin ich schnell mal zurückgerudert, »wir haben noch gar nicht, nur drüber gesprochen, also das wir irgendwann mal, aber das hat ja Zeit, nur nichts überstürzen, hat Carla gesagt, und ich auch, nur nichts überstürzen, wozu auch, wir sind ja gerademal sechzehn, und bei dem Ferienlager ist ja auch alles total getrennt, sogar beim Küchendienst, echt jetzt …«

Weiß nicht, was ich sonst noch alles gelabert hab, aber eins steht fest: komplett verkackter Auftritt. Und wenn ich Edda und Eike gewesen wäre, also ich hätte sofort geschnallt, dass da irgendwas faul ist. Haben sie aber nicht.

»Na, da sind wir ja beruhigt«, hat Edda gesagt. »Wir dachten nämlich schon, ihr würdet längst, du weißt schon.«

Und dann ist's feierlich geworden. Eike ist von seinem Sessel aufgestanden, hat sich neben mich gesetzt und mir die Hand auf die Schulter gelegt und »Ich verlass mich auf dich, Finn, bist ein guter Junge« gesagt. O. k., ist ja nett, wenn Eike meint, ich bin ein guter Junge, und bin ich ja auch, irgendwie. Aber gerade irgendwie auch nicht, es sei denn, das Ganze hier kann man noch unter Notlüge laufen lassen.

»Wann kommt Carla heim?«, hab ich gefragt und bin vom Sofa aufgestanden. »Wir müssen noch besprechen, was wir … was wir so alles mitnehmen.«

»Ach, sicher bald, sie ist nur kurz mit Micha raus«, hat Edda geantwortet. »Ihr war's heute Morgen nicht gut, aber vorhin ging's schon wieder. Willst du mit uns auf sie warten?«

»Nein, nein«, hab ich mich beeilt zu erwidern, »ich muss dann auch wieder. Aber vielen Dank für das … für das … offene Gespräch.«

Mein Gott, was redet man nur für einen Scheiß, wenn man nicht weiß, was man reden soll. Bin dann gegangen und gleich rüber auf den Spielplatz und hab mich dort hinter dem Spielhäuschen vor den Blicken vom Haus verschanzt. Nachricht an Carla geschrieben und gewartet. Eine Minute auf Antwort und zehn auf sie, und als sie gekommen ist, hat sie ausgesehen, als hätte sie den ganzen Tag geheult. Hat sie wahrscheinlich auch, und als sie mich gesehen hat, hat sie auch gleich wieder damit angefangen.

»Vielleicht wird sie ja rechtzeitig wieder gesund«, hab ich versucht, Carla zu beruhigen, aber Carla hat sich gar nicht beruhigen lassen wollen.

»Hast du mal eine Lungenentzündung gehabt?«, hat sie mich in einer kurzen Heulpause gefragt, und als ich mit den Schultern gezuckt hab, hat sie noch ein leises »Aber ich!« drangehängt.

»Und«, hab ich genauso leise nachgefragt, »wie lang warst du krank?«

Carla hat sich mit den Händen die Tränen aus den Augen gewischt und als sie einigermaßen trocken gewesen sind, ein Päckchen Zigaretten aus der Hosentasche gefingert.

»Fünf Wochen!«

»Seit wann rauchst du?«

Feuerzeug aus der anderen Tasche, Zigarette aus der Packung, angezündet.

»Seit heute!«

Carla hat einen tiefen Zug genommen und den Rauch von mir weg in eine andere Richtung geblasen.

»Inas Eltern sind total lieb, aber leider auch total ängstlich. Die lassen sie niemals auf die Freizeit fahren. Noch nicht mal, wenn sie kein Fieber mehr hätte.«

»Müssen wir uns halt was Neues ausdenken.«

Carla hat aufgelacht. So ganz kurz und trocken, fast schon wie Husten.

»Ja, dann halt in den nächsten Sommerferien«, hat sie gesagt, »was ist schon ein Jahr, wenn man richtig verliebt ist.«

»Nein«, hab ich erwidert, »was ganz anderes.«

»Ach ja, vielleicht wieder irgendwas mit Eric?«

Ohne zu fragen, hab ich ihr die Zigarette aus den Fingern genommen und selbst einen Zug genommen, und als ich sie ihr zurückgegeben hab, hab ich gesagt: »Wir fahren trotzdem!«

»Na, großartig«, hat Carla geantwortet, »als ob das Ferienlager ohne Ina irgendeinen Sinn hätte.«

Hab den Kopf geschüttelt und noch einmal, als mir Carla ihre Zigarette hingehalten hat.

»Hat es auch nicht«, hab ich gesagt, »aber wir tun einfach so, als ob wir zusammen hinfahren würden.«

»Wir tun nur so?«

»Ja«, hab ich erwidert, »Harz ist ungefähr halber Weg nach Berlin, auf alle Fälle von hier aus ungefähr die gleiche Richtung.«

Carla hat mich angestarrt und so wie sie gestarrt hat, hat sie gerade überhaupt gar nichts mehr gecheckt.

»Kapierst du's nicht?«, hab ich weitergeredet. »Du fährst einfach weiter. Nach Berlin. Ich Harz, du Berlin.«

Anflug von Lächeln auf Carlas Gesicht. Zwei Sekunden später Lächeln wieder weg.

»Und am nächsten Tag stehen meine Eltern bei Ina auf der Matte und ziehen mich mit vier Armen aus ihrem Bett.«

»Tun sie nicht«, hab ich erwidert, »sie bekommen ja gar nichts mit davon.«

Carla Kopf geschüttelt.

Ich Kopf geschüttelt.

»Wir haben uns zusammen im Camp angemeldet, und ich erzähl denen, dass du kurzfristig krank geworden bist und nicht mitkonntest. Lungenentzündung zum Beispiel. Da fragen die nicht nach. Warum sollten sie auch?«

»Weil ... weil ... weil ...«, hat Carla nach einem Grund gesucht, aber ihr ist keiner eingefallen. »Dann könnten wir also ...«

»Klar«, hab ich gesagt, »wir lassen einfach alles weiterlaufen. Wenn Ina rechtzeitig wieder gesund wird: gut. Wenn nicht: auch gut!«

Carla hat immer noch ein bisschen komisch geguckt, aber trotzdem auch so, als ob sie's gecheckt hätte. Also dass das Ganze funktionieren könnte.

»Eigentlich«, hat sie schließlich gesagt, »kannst nur du's noch versauen. Wenn du schlecht lügst und die dir's im Ferienlager nicht abnehmen.«

»Tu ich aber nicht. Ich schwör's!«

Carla hat gelacht.

»Bei wem?«

»Bei dir!«

Carla ist aufgestanden und hat durch die Ritzen des Häuschens rüber zum Garten gesehen, und für einen kurzen Moment hab ich sie lächeln sehen.

»O. k.«, hat sie gesagt, »das zählt.«

Umgedreht und mich kurz umarmt. Noch kürzer vielleicht als das Lächeln vorher, aber trotzdem: umarmt. Wie Kumpels halt, aber mehr bin ich ja auch nicht. Und wenn mich einer fragt, ob das so o. k. für mich ist, dann sage ich: Ja, das ist so o. k. Nicht super, aber o. k. Und vielleicht sogar ein bisschen mehr als das.

»Mach was draus!«

Kai-Uwe hat mich über die Klinge springen lassen. Französisch fünf, Chemie fünf, und zusammen ist das eindeutig eine Fünf zu viel.

»Wenn ich du wäre«, hat er gesagt, »würde ich es im nächsten Jahr mal ein bisschen krachen lassen. Du kannst, wenn du willst, aber du willst nicht.«

Scheiße, Kai-Uwe, woher willst du wissen, was ich will. Weiß ich ja nicht mal. O. k., schon klar, nicht noch mal sitzen bleiben. Aber genauso will ich mir keinen Riesenstress in der Schule machen. Ich will mit Mädchen, und vielleicht will ich auch mehr Gitarre spielen. Vielleicht aber auch nicht, und stattdessen will ich die Schule schmeißen und nach Australien trampen. Gut, geht nicht, weil Australien ne Insel ist, aber dann halt sonst wohin. Das Einzige, was ich sicher weiß, ist, dass ich im nächsten Jahr nicht noch mal Chemie und Französisch bei dir haben will. Und wenn du mir einen Gefallen tun willst, Kai-Uwe, dann streck nicht bei meiner Klasse den Finger, wenn nach dem Sommer neu verteilt wird.

Aber selbst wenn mir Kai-Uwe erspart bleibt, Krok nicht! Hatt ich mir ja schon gedacht, aber Krok selbst ist aus allen Wolken gefallen. Hat wirklich geglaubt, dass er die Kurve noch kriegt, aber am Ende hat er sogar drei Fünfen im Zeugnis stehen gehabt. Hat geflennt und immer wieder »Meine Eltern bringen mich um, meine Eltern bringen mich um« vor sich hin gebrabbelt, und da hat er mir irgendwie sogar ein bisschen leidgetan.

Vicky ist nicht ganz so cool gewesen, wie sie vorher getan hat, und sie hat mir sogar angedroht, im nächsten Jahr jeden Abend meine Hausaufgaben zu kontrollieren. Aber jede Wette, dass sie das nicht lange durchhält. Schlimmer schon die Drohung, dass Tommy mit mir Französisch machen will. Angeblich kann er Französisch besser als Deutsch, weil er hundert Jahre oder so in Paris gelebt hat. Stimmt vielleicht sogar, und Tommy trau ich durchaus zu, dass das nicht nur eine leere Drohung ist. Seit er bei uns wohnt, ist immer total aufgeräumt. Kann es überhaupt nicht ertragen, wenn was rumliegt. Krümel auf dem Boden, zack, Handfeger geholt, Krümel weg. Glas in der Spüle, zack, Wasser an, Glas gespült, abgetrocknet, wieder in den Schrank. Vicky findet's cool, ich nicht, und jetzt noch weniger, weil ich jetzt jedes Mal beim Anblick der aufgeräumten Wohnung an Französisch denken muss. An Französisch und daran, dass Tommy Ernst macht mit seinem Vorschlag, garantiert!

Carlas Zeugnis ist so mittel. Nicht schlecht und nicht gut eben, aber interessiert hat sie's sowieso nicht. So wenig wie meins und dass wir nächstes Jahr nicht mehr in derselben Klasse sind, hat sie entweder noch gar nicht kapiert, oder ihr ist auch das egal. Weil: Carla denkt nur noch an Ina. Hat sie auch vorher schon, aber jetzt, wo wir in ein paar Tagen fahren, ist sie wie auf Droge. Glücksdroge. Ina ist noch immer krank und klare Sache, sie muss das Camp absagen. Aber irgendwie hab ich das Gefühl, dass Carla das sogar recht ist. Ich meine, was sind schon vier Wochen Ferienlager mit einem Stall voll Aufpassern gegen dieselbe Zeit in Berlin. Vielleicht ist Ina noch eine Woche bisschen schlapp, aber dann!

Und ich? Kann alleine lustige Spielchen machen, also allein mit tausend anderen, Tauziehen und Sackhüpfen und solche Sachen. Ach ja, Nachtwanderung noch, gibt's bei solchen Feriensachen immer. Wahrscheinlich, weil Nachtwanderung irgendwie nach Abenteuer klingt. So mit Taschenlampe und *huhu* im Wald, was ungefähr so abenteuerlich ist wie mit Tommy Halma spielen.

Wobei, immerhin müssten fünfhundert von den tausend Mädchen sein. Also zumindest, wenn sie bei den Anmeldungen aufgepasst haben. Aber wer weiß das schon? Und selbst wenn: Welche Mädchen melden sich freiwillig für ein Ferienlager an? Gut, gibt's, klar, aber das sind wahrscheinlich solche, die Stöckchen schnitzende Jungs cool finden und auf Nachtwanderungen zu kreischen anfangen, wenn einer *huhu* macht. Und echt, dass ich wie Carla auf Glücksdroge bin, kann ich nicht gerade sagen.

Aber egal. Rucksack packen, Gitarre, Kondome, irgendwas wird schon gehen. Und sowieso: Hauptsache, Carla und Ina haben ihren Spaß. Ich meine, kann jetzt auch nicht auf einmal das Meckern anfangen. Hab ja gewusst, auf was ich mich da einlasse. Na ja, so ungefähr jedenfalls, aber irgendwie fühlt sich's ja auch ganz gut an. Also ein bisschen den Helden zu spielen, edler Ritter und so, und vielleicht stimmt's ja sogar, was Carla gestern zu mir gesagt hat. Dass sie mir das ihr Leben lang nicht vergessen wird und dass so eine gute Tat irgendwann auch wieder zu einem zurückkommt. Gut, keine Ahnung wie, aber wenn's so was wie Gerechtigkeit im Leben gibt, dann hätte ich mir schon einen kleinen Preis verdient. Am besten direkt im Ferienlager und deshalb: gleich noch ein paar Kondome mehr in den Rucksack!

Ansonsten das Übliche: Schlafsack, Isomatte, Taschenlampe, Taschenmesser, Klamotten, Waschzeug, Badehose, Regensachen, bisschen was zu lesen und, ganz wichtig, Mückenspray! Stand in den Anmeldeinfos. Mückenspray und Mückensalbe, scheint ein krasses Moskitoloch zu sein der Harz. Witzig nur, dass auch Carla das ganze Zeug einpacken muss. Ihre Mutter hat ihr sogar zwei verschiedene Sprays gekauft, falls das eine nicht wirkt. Dabei ist Berlin bestimmt kein Moskitoloch, und am Ende muss Carla mit Ina noch raus aufs Land fahren, damit sie wenigstens ein paar Beweisstiche mit nach Hause bringt.

»Irgendwie«, hat Carla gestern zu mir gesagt, als wir zusammen vor ihrem halb gepackten Rucksack gesessen haben, »hab ich auch ein schlechtes Gewissen bei der ganzen Sache.«

»Weil du deine Eltern anlügst.«

Carla hat den Kopf geschüttelt.

»Quatsch, die haben es nicht anders verdient. Wegen Micha.«

»Wegen Micha?«, hab ich zurückgefragt und echt, hab ich nicht kapiert. Bekommt ja nicht viel mit, also eigentlich gar nichts, schon gar nicht, was lügen ist und lesbisch auch nicht.

»Ich meine«, hat sie gesagt, »wir sitzen da zusammen am Abendbrottisch, und ich erzähl über meine Ferien und was ich alles mitnehme und all den Scheiß, und er sitzt daneben und lächelt vor sich hin.«

»Aber er weiß ja nicht, dass du lügst.«

»Ach ja«, hat Carla erwidert, »und woher weiß ich, dass er es nicht weiß? Micha weiß auch, wenn ich traurig bin. Er weiß, wenn Papa gleich ausrastet und Mama Migräne hat. Und er weiß sogar, wenn es nachts das erste Mal geschneit hat, obwohl er nicht aus dem Fenster gesehen hat. Warum also sollte er nicht wissen, wenn ich lüge?«

Wir sind in Carlas Zimmer auf dem Boden gesessen, und als ihr Handy geklingelt hat, ist sie nicht rangegangen.

»Verstehst du«, hat sie gesagt, »Micha ist der Einzige auf der Welt, dem ich zu irgendwas verpflichtet bin. Und ihn lüge ich genauso an wie meine Eltern.«

Schweigen. Und mitten in dieses Schweigen hinein plötzlich Schritte. Draußen auf dem Flur. Carla zur Tür geschaut. Ich zur Tür geschaut. Tür auf: Edda!

Ich: »Hast du … also … ich meine … Ersatzbatterien. Für die … die Nachtwanderung.«

Carla: »Schon drin.«

Ich: »Sonnenmilch?«

Carla: »Yep!«

Edda: »Was für ein Glück, dass ihr zusammen fahrt. Da vergesst ihr garantiert nichts.«

Edda gelacht, ich gelacht, Carla gelacht. Edda hat uns dann noch bequatscht, mit runterzugehen. Große Kaffeetafel, Kuchen, Kekse, Sahne, das volle Programm.

»Kleiner Abschied«, hat sie gesagt, »ich freu mich ja so für euch.«

Und irgendwie hab ich da zum ersten Mal auch so ein bisschen ein schlechtes Gewissen bekommen. Also nicht wegen Micha, wegen Edda und Eike. Micha hat auch gar nicht mit am Tisch gesessen, sondern draußen auf der Terrasse geparkt. Unterm Sonnenschirm. Und so weit ich's hab sehen können, hat er geschlafen. Edda hat geschaut, wohin ich schaue, und sich dann wieder zu uns umgedreht.

»Schreibt ihm eine Karte«, hat Edda gesagt, »er freut sich so, wenn er Post bekommt. Und unterschreibt beide, dann zeige ich ihm eure Namen.«

»Ja, klar«, hat Carla gesagt, »machen wir.«

O.k., ja machen wir. Nur: Wie machen wir das? Also mit den Unterschriften. Geht ja schlecht, dass wir beide unterschreiben, wenn wir an zwei komplett verschiedenen Orten sind.

»Kaufen wir halt am Bahnhof ein paar Karten«, hat Carla gesagt, als wir uns kurz darauf an der Tür verabschiedet haben, »ohne Harz drauf. Und dann unterschreiben wir beide auf der Fahrt.«

»Aber was sollen wir denn erzählen? Wir haben ja noch gar nichts erlebt, wenn wir im Zug sitzen.«

»Kapierst du's nicht«, hat Carla geantwortet, »wir unterschreiben nur. Die Karten schreib ich später. Oder du. Ja, auf alle Fälle eine auch du. Wirkt noch echter so!«

Kurz nachgedacht. Nachgedacht und nichts mehr gesagt. Klar, gute Idee von Carla. Trotzdem: Karte von mir, also eine, in der ich schreibe, dass alles super ist und wir zusammen eine super Zeit im Harz verbringen und super Wetter sowieso, also das ist schon eine ziemlich fette Lüge. Fett weil geschrieben, und geschrieben ist lügen gleich noch mal ne Ecke krasser. So fast Dokumentenfälschung irgendwie, und echt, wenn das alles irgendwann mal auffliegt, möchte ich lieber nicht ich sein!

* * *

Das mit den Karten haben wir dann wirklich gemacht. Also drei Tage später, als wir losgefahren sind. Edda und Eike haben unbedingt mitgewollt zum Bahnhof, so von wegen Abschiedstränen und Winken, bis der Zug nicht mehr zu sehen ist. Aber echt, wir sind ja keine Babys mehr. Hat Carla dann auch gesagt.

»Sind wir Babys oder was?«, und da haben Edda und Eike sich angesehen und sich ganz oberglücklich angelächelt.

»Hast ja recht«, hat Eike schließlich gesagt, »ihr seid schließlich schon fast erwachsen«, und dabei das *fast* so betont, als wären wir's eigentlich doch noch. Also Babys, und am Ende haben sie die Abschiedstränen dann an der Haustür geweint. An der Haustür und auf dem Gehweg. Dort haben sie gewinkt wie die Weltmeister und echt, ich glaube, das haben sie noch gemacht, als wir längst nicht mehr zu sehen gewesen sind.

Ach ja, Micha hat auch an der Tür gestanden. Also gesessen, in seinem Rollstuhl, und für seine Verhältnisse hat er ziemlich anwesend gewirkt. Carla hat ihn zum Abschied umarmt und ihm dabei was ins Ohr geflüstert, was nur er verstanden hat. Wenn er es denn verstanden hat. Aber als sie ihn wieder losgelassen hat, hat es fast so ausgesehen, als ob er lächeln würde. Klar, hab Carla gefragt, aber sie hat gesagt, dass das nur sie und Micha was angeht. Dazu hat sie ein bisschen abwesend gelächelt, so, als ob alles irgendwie gut wäre, und wo alles gut ist, muss man ja auch nicht weiterfragen.

Am Bahnhof hat Carla dann gleich mal zehn Karten gekauft, lauter so halb-witziges Zeug wie Kätzchen mit Lätzchen und Affen in Rennautos, und ehrlich, wenn ich Edda und Eike wäre, ich wär sofort komplett misstrauisch, wenn mir so was ins Haus flattern würde.

»Keine Angst«, hat Carla gesagt, »so was haben sie schon öfter von mir gekriegt, das schlucken die.«

»Geiler Geschmack«, hab ich erwidert und dann zusammen mit ihr im Akkord unterschrieben. Zehn Mal Carla & Finn, zehn Mal liebe Grüße, zehn Mal: Edda-und-Eike-ihr-habt-ja-so-was-von-keine-Ahnung.

Schlechtes Gewissen ist übrigens schon wieder weggewesen. Irgendwie hab ich unsere Aktion einfach zu cool gefunden, und wenn was cool ist, macht man sich's besser nicht mit einem schlechten Gewissen gleich wieder kaputt.

Meine Verabschiedung von Vicky und Tommy ist übrigens auch cool gewesen. Sogar die von Tommy. Hat mir nen Zwanziger zugesteckt und gesagt, dass er das, was ich da gerade durchziehe, echt dufte findet. O.k., dufte ist jetzt nicht so ein richtig cooles Wort, aber vielleicht war's das mal vor hundert Jahren, als Tommy jung gewesen ist. Ist ja auch egal, hat mir trotzdem gefallen, dass er mir sozusagen noch nen *Like* mit auf den Weg gegeben hat. Ach ja, gut, und der Zwanziger ist natürlich auch nicht schlecht gewesen.

»Pass auf dich auf«, hat Vicky zum Abschied gesagt, mich auf die Stirn geküsst und mir noch kurz hinterhergewinkt. Aber als ich auf dem Gehweg gewesen bin, ist die Tür auch schon zu gewesen. Vicky halt. Kurz und knackig. Mag ich so.

Am Bahnhof haben Carla und ich uns noch ein bisschen was für die Fahrt gekauft. Brezel, Berliner, Chips, Cola. Was man halt für eine Zugfahrt ins Ferienlager so braucht. Oder weiter nach Berlin.

»Noch sieben Stunden«, hat Carla gesagt, als wir schließlich auf unseren Plätzen gesessen haben, »dann küsse ich Ina.«

»Und ich?«, hab ich zurückgefragt.

Carla hat gelacht.

»Wird vielleicht bisschen knapp«, hat sie erwidert und dabei auf meine Gitarre in der Gepäckablage gedeutet, »aber so wie ich dich kenne, hast du spätestens morgen eine.«

»Morgen? Bist du wahnsinnig? Wie soll ich das so lange aushalten?«

Carla gelacht, ich gelacht, Pfiff. Ja, und dann ist der Zug losgeruckelt. In den Harz, nach Berlin. Endlich, hab ich bei mir gedacht, ist der Wahnsinn zu Ende. Weil dass wir nach den Ferien weitermachen, also als Fake-Liebespaar und so schon mal die nächsten Sommerferien vorbereiten, ne, nicht mit mir. Da muss sich Carla schon was Neues einfallen lassen. Aber nächstes Jahr sind wir ja auch schon siebzehn und siebzehn ist eins weniger als achtzehn, und vielleicht haben Edda und Eike bis dahin endlich kapiert, dass Carla unheilbar lesbisch ist. Und vor allem, dass es nicht einen einzigen Grund gibt, dass man da was dagegen haben kann. Ich meine, sie haben vielleich ein Scheiß-Pech mit Micha gehabt, weil ein Spaß ist das bestimmt nicht, sein ganzes Leben lang Sorgen zu haben. Aber dafür haben sie ein Scheiß-Glück, Carla zu haben. Ganz egal, ob sie nun Jungs oder ein Mädchen liebt. Carla ist Carla, so wie ich ich bin. Und das Einzige, was blöd ist, ist, dass sie nie meine Freundin sein wird. Halt nein, das ist sie ja! Nur ohne Liebe und ohne Sex und so. Aber ist eigentlich auch wieder nicht so wichtig. Dafür geht das mit ihr länger als nur ein paar Tage oder Wochen. Jetzt schon. Und hört ja noch gar nicht auf.

»Schade«, hat Carla kurz hinter Frankfurt gesagt, »dass du nicht wenigstens für einen Tag mit nach Berlin kommst.«

»Glaub kaum«, hab ich erwidert, »dass du mich besonders vermisst.«

Carla hat den Kopf geschüttelt. Bisschen gelächelt vielleicht. »Ne, wahrscheinlich nicht« gesagt, und dann: »Aber ich hätt's schön gefunden, wenn du Ina kennengelernt hättest. Oder nein: Wenn Ina dich kennengelernt hätte. Schließlich hat sie dir genauso viel zu verdanken wie ich.«

»Nur, dass sie mich nicht küssen musste.«

Jetzt richtig gelächelt. Nein, gelacht.

»Stimmt! Durch *die* Hölle musste sie nicht!«

Kurz drauf haben wir unsere Essenssachen ausgepackt. Und als die Mini-Bar vorbeigerauscht gekommen ist, haben wir so ein Mini-Fläschchen Sekt dazu gekauft. Hätte uns der Typ ziemlich sicher nicht verkaufen dürfen. Ohne unsere Ausweise. Und mit gleich zweimal nicht. Hat er aber. Cooler Typ. Marokkaner oder so. Verkauft und gezwinkert, gerade so, als ob er uns durchschaut hat. Aber in Wahrheit ist's wahrscheinlich nur ein Edda-und-Eike-Lächeln gewesen. Von wegen total verliebt in den Urlaub und jede Menge Sex und so, und wenigstens zur Hälfte hat er ja sogar recht damit gehabt.

Nach Frankfurt dann Kassel. Und nach Kassel Göttingen. Und da klingt's dann ungefähr so: *Liebe Fahrgäste, in Kürze erreichen wir Göttingen Hauptbahnhof. Alle mit Fahrziel pissiges Ferienlager, bitte aussteigen. Alle mit Fahrziel cooles Berlin: sitzen bleiben!* Na ja, klingt es natürlich nicht. Nicht im Zug. Obwohl genau das die Wahrheit wäre, aber wer will die schon hören?

»Mach was draus!«, hat Carla gesagt und mich zum Abschied umarmt. »Echt scheiße, dass du'n Junge bist.«

»Jetzt sag nicht, dass du dich sonst in mich verliebt hättest.«

Carla gelacht.

»Ne, hast recht, hätt ich mich nicht. Bist mir nicht cool genug.«

»Ich, also du findest«, hab ich gestammelt, und da hat mir Carla mitten in unserer Umarmung ziemlich heftig in die Rippen geboxt.

»Idiot! Als ob ich auf cool stehen würde. Ach, übrigens, eins noch: Du musst wir was versprechen.«

»Vergiss es, der Scheiß geht nach den Ferien nicht weiter!«

»Mein ich nicht«, hat Carla gesagt und mir geholfen, meinen Rucksack von der Ablage zu heben.

»Was dann?«, hab ich gefragt.

»Dass du Vicky fragst. Gleich wenn wir wieder da sind.«

Durchs Fenster hat man schon den Bahnsteig vorbeiflitzen sehen und all die wartenden Menschen mit ihren Suchgesichtern. Wahrscheinlich hab ich selbst auch gerade so ein Suchgesicht gemacht, nur dass ich eben statt einer Wagennummer eine Antwort gesucht hab.

»O. k.«, hab ich schließlich gesagt, »ich versprech's«, halb, weil Carla mich so streng angesehen hat, und halb, weil die anderen Austeigenden schon zur Tür gedrängelt haben und einfach keine Zeit mehr gewesen ist, noch länger nachzudenken. Und klar: Versprechen ist Versprechen, da gibt's keinen Rückzieher mehr. Aber mir jetzt schon den Kopf zerbrechen über etwas, das erst in vier Wochen ist, ne, mach ich nicht! Schließlich bin ich noch nicht mal im Camp, und die Stimmung kann ich mir schließlich noch früh genug auf der Rückfahrt versauen. Wobei, inzwischen ist's mir echt schon fast egal. Also ob oder ob nicht. Weil Carla recht hat, mit dem, was sie zu mir gesagt hat. Eben dass es nichts ändert, und dass Mam und Dad Mam und Dad bleiben, egal was damals gewesen ist. Und wenn's eh nichts ändert, vor was soll ich dann eigentlich noch Schiss haben?

Carla ist noch mit mir zur Tür. Kurz gewunken. Und auf einmal: Tränen! Keine Ahnung warum. Abschiedsschmerz. Vorfreude. Oder einfach nur deshalb, weil manchmal Dinge passieren, die man irgendwie gar nicht kapiert. Weil alles eigentlich komplett beschissen ist und dann kommt so ein kleines Wunder um die Ecke, und alles ist auf einmal gut. Wenigstens für einen kurzen Moment. O. k., ja, ist jetzt vielleicht ein bisschen großkotzig, weil in dem Fall ja ich das Wunder wäre. Aber einmal, ein einziges Mal in seinem Leben darf man so was ja auch mal sagen. Also über sich. Gut, ich hör ja schon wieder auf damit!

Der Zug ist noch nicht losgefahren. Ist da einfach gestanden. Türen auf und gestanden. Und da hab ich mich auf meinen Rucksack gesetzt und hab die Gitarre ausgepackt und ohne sie zu stimmen, hab ich auf dem Bahnsteig angefangen zu spielen, *Bad Chick*, und ich hab's gespielt wie noch nie. Auch dann noch, als die Tür zugegangen ist und Carla ziemlich sicher nichts mehr davon gehört hat. Aber ich hab gesehen, wie sich auf einmal ihre Lippen bewegt haben. Sie hat nichts gesagt, sie hat gesungen. Ich gespielt, sie gesungen. Und ich bin mir sicher, dass wir trotz der Tür zwischen uns komplett synchron gewesen sind. So sicher, wie dass sie nicht aufgehört hat, bis auch ich mit dem Lied fertig gewesen bin, auch wenn da der Zug längst schon nicht mehr zu sehen gewesen ist.

Ach ja, gab ein bisschen Applaus auf dem Bahnsteig, und ein Mädchen hat mich sogar kurz angelächelt. Blond, bauchfreies Shirt, Rucksack, ziemlich süß. Zurückgelächelt. Blöd nur, dass das Mädchen nicht so wirklich nach Ferienlager ausgesehen hat. Aber wer weiß das schon? Schließlich sehe ich auch nicht so wirklich nach Ferienlager aus. Hoffe ich jedenfalls. Und wenn sie vielleicht doch, also das gleiche Ziel hat wie ich, dann wären wir schon mal zwei, die nicht nach Ferienlager aussehen. So was verbindet.

Noch einmal gelächelt. Sie. Ich. Dann aufgestanden. Sie. Ich. Und der Rest ist eine andere Geschichte!

GERADE WEIL DU ANDERS BIST

Martin Gülich

Entschuldigen ist nicht mein Ding

192 Seiten · Gebunden
ISBN 978-3-522-20212-1 ebook

Blöder hätte es für Seb nicht kommen können! Während seine Freunde in den Sommerferien an coole Orte reisen, muss er seine Mutter in die Kur begleiten – ausgerechnet auf eine total langweilige Ostseeinsel. Doch zwischen den öden Strandtouristen und Kurgästen auf der Insel sticht Eine heraus: Kim. Das eigenwillige Mädchen ist so gar nicht wie die anderen, die er kennt. Und gerade das gefällt Seb an Kim. Jedoch wird ihm mit Kim an seiner Seite schnell klar: Anderssein hat immer seinen Preis ...

THIENEMANN
Wir schreiben Geschichten!

www.thienemann.de